# 音数で引く 秋
# 俳句歳時記

Naoki Kishimoto
岸本尚毅＝監修

西原天気＝編

草思社

# 音数で引く俳句歳時記・秋

岸本尚毅監修・西原天気編

# はじめに

岸本尚毅

俳句にとって季語がどれほど大きな存在か。高浜虚子にこんな句があります。

木曾川の今こそ光れ渡り鳥

「木曾川の今こそ光れ」は係り結びを用いた表現で、「今このときを、木曾川が輝き流れていることよ」という意味。「こそ」が「今」を強調しています。ところが、文法を意識せずにこの句を読むと、「光れ」が命令のようにも見えます。誰に対して命令するのか。文脈上は「木曾川」が光るのですが、「渡り鳥」に向かって「光れ」と呼びかけているようにも思えます。この句を、山本健吉は次のように鑑賞しています。

——「今こそ光れ」は、文法的には「木曾川」にかかるのだが、特殊な俳諧文法としては、かえって「渡り鳥」にかかる気味がある。それは「木曾川の」といったん休止し、「今こそ光れ渡り鳥」とつづけて読み下すのは、俳句で許される、というより一般的なことだからだ。そのためこの句は、光りながら足下に流れる木曾川と、大空を光りきらめいて渡って行く小鳥の群れと、まばゆいばかりの秋光にあふれた句になるのである。（『現代俳句』）

「木曾川の今こそ光れ渡り鳥」は「ホトトギス」大正七年十月号の「虚子句抄」に発表されました。これに先立つ大正六年一月号の「木曾山峡と小鳥狩と車中と」（長谷川零余子《れいよし》）という一文には、「木曾川の今こそ光れ小鳥来る」という形で引かれています。「小鳥来る」という下五がおそらく「木曾川の今こそ光れ」の初案でしょう。虚子は後日、下五の「小鳥来る」を「渡り鳥」に改めたのです。「木曾川の今こそ光れ小鳥来る」は木曾川の情景に、渡って来た小鳥の姿を点じた上々の叙景句です。しかし、山本健吉の鑑賞にある「今こそ光れ渡り鳥」のような迫力はありません。「小鳥来る」は情景。「渡り鳥」は鳥そのもの。この句における「小鳥来る」と「渡り鳥」の違いは決定的です。

「木曾川の今こそ光れ」に続く下五にどのような季語をあてはめるか。五音という音数の制約を意識しながら、虚子はこの句にぴったりの季語を頭の中で探し続けていたことでしょう。

本書は、音数を考えながら季語を検討するための実作の手引きとして企画されたものです。本書が読者の皆さんに、季語との良き出会いをもたらすことを期待しています。

目次

# 凡例

●本書は、秋（立秋から立冬の前日まで）の季語を対象にしています。初秋・仲秋・晩秋の区別はおおむね新暦八月・九月・十月に対応しています。

●見出し語の下に、読みを、現代仮名遣い・歴史的仮名遣いの順で記しています（同じ場合は前者のみ）。

●見出し語のあとに関連季語を音数別に挙げ（例：コスモス　5音 秋桜《あきざくら》　7音 大波斯菊《おおはるしやぎく》）、続いて、見出し語と同じ音数の関連季語を立項しています。関連季語は、それぞれの音数にしたがい、所定の章にも立項し、主要季語のページ数を記しています。

●音数は俳句の通例に従い、拗音《ようおん》（きゃ、しゅ、ちょ等）、撥音《はつおん》（ん）、促音《そくおん》（っ）を1音と数えています。
例：立秋（りっしゅう）＝4音　カンナ＝3音

●振り仮名は原則として現代仮名遣いを用いています。ただし送り仮名が歴史的仮名遣いの場合は振り仮名も歴史的仮名遣いとしています。例：咥へる＝咥《くは》へる

●例句は、元の掲載時に振り仮名がない場合も、適宜、難読語等に振り仮名を記しています。

●季語についての解説は、本書の用途の性質上、最小限にとどめています。

# 2音の季語

## 2音　時候

**秋**　あき　三秋

例　秋なれや木の間木の間に空の色　也有

例　目薬に涼しく秋を知る日かな　内藤鳴雪

例　天地ふとさかしまにあり秋を病む　三橋鷹女

例　うしろより夕風が来るそれも秋　今井杏太郎

3音　**素秋《そしゅう》**

4音　**白秋《はくしゅう》　白帝《はくてい》　高秋《こうしゅう》　金秋《きんしゅう》　爽節《そうせつ》**　三秋《さんしゅう》　**九秋《きゅうしゅう》**

**処暑**　しょしょ　初秋

二十四節気で八月二三日頃。また、その日から約一五日間。

**冷ゆ**　ひゆ　仲秋　⇩冷《ひ》やか〔42頁〕

## 2音　天文

**月**　つき　三秋

例　月ぞしるべこなたへいらせ旅の宿　芭蕉

例　月天心貧しき村を通りけり　蕪村

例　青い雑踏広告塔が月を吊る　福田若之

3音　**月夜《つきよ》　月下《げっか》　姮娥《こうが》　玉兎《ぎょくと》　嫦娥《じょうが》　孀娥《そうが》**

4音　**月更《つきふ》く　遅月《おそづき》　月落《つきお》つ　月待《つきま》ち　薄月《うすづき》　月の輪　月の出　月光《げっこう》　月明《げつめい》　月影《つきかげ》**

5音　**四日月《よっかづき》　五日月《いつかづき》　八日月《ようかづき》　十日月《とおかづき》　月上《つきのぼ》る　月の秋　月の雪　胸の月　袖の月　朝月日《あさつきひ》　夕月日《ゆうつきひ》　昼の月　夜半《よわ》の月　月の蝕《しょく》　月の暈《かさ》　月の入《いり》　月渡る　秋の月**

6音　**月の光　月傾く　月の桂《かつら》　桂男《かつらおとこ》　月の兎　月の蟾《かえる》　月の鼠　月の都　月宮殿《げっきゅうでん》　月の鏡　月の出潮《でしお》**

**7音** **月の顔《かんばせ》**

**8音** **盃《さかずき》の光《ひかり》**

## 蛾眉

がび　仲秋　⇩三日月《みかづき》〔45頁〕

## 霧

きり　三秋

例 霧のなか富士の全量居座るか　綾野南志

例 霧にまぎれ重工業の突き出す胃　穴井太

例 くさび打つ音の高さよ霧の中　正岡子規

例 一本のマッチをすれば湖は霧　富澤赤黄男

**3音** **夜霧　野霧《のぎり》　狭霧《さぎり》　濃霧《のうむ》　霧笛《むてき》**

**4音** **朝霧　夕霧　山霧　川霧　薄霧《うすぎり》　霧の香《か》　霧雨《きりさめ》**

**5音** **霧襖《きりぶすま》　霧の海　霧時雨《きりしぐれ》**

**6音** **霧の帳《とばり》　霧の籬《まがき》　霧の雫《しずく》**

## 露

つゆ　三秋

例 鶏鳴の露を呑みたる声ならむ　正木浩一

例 水平線大きな露と思ひけり　大串章

**3音** **夜露《よつゆ》**

**4音** **白露《しらつゆ》　朝露　夕露　初露　上露《うわつゆ》　下露《したつゆ》　露の世《よ》　露の身　露けし**

**5音** **露の玉　露葎《つゆむぐら》　露の秋　露の宿　露の袖《そで》　袖の露　芋の露**

### 2音　地理

## 花圃

かほ　くわほ　三秋　⇩花畑《はなばたけ》〔97頁〕

### 2音　生活

## 古酒

こしゅ　晩秋

新酒ができた後も残っている去年の酒。

例 岩塩のくれなゐを舐め古酒を舐め　日原傳

## 引板

ひた　三秋　⇩鳴子《なるこ》〔23頁〕

## 稲架

はざ　仲秋

収穫した稲を乾燥させるための木組み。

例 渓谷の少し開けて稲架ありぬ　高浜虚子

3音 **稲架《いなか》　稲木《いなぎ》　稲城《いなぎ》　田母木《たもぎ》　稲棒《ぼっち》　稲棒《まっち》　稲架《はさ》　木《き》　田茂木《たもぎ》**

**稲架**　はさ　仲秋　⇨稲架

**籾**　もみ　仲秋

例　他界にて裾をおろせば籾ひとつ　中村苑子

3音 **すくも**

4音 **籾干す　籾殻《もみがら》　籾摺《もみすり》／籾磨《もみすり》**

5音 **籾筵《もみむしろ》　籾埃《もみぼこり》**

6音 **籾摺臼《もみすりうす》**

**鳥屋**　とや　晩秋　⇩小鳥狩《ことりがり》〔104頁〕

例　一俵の米負うて来ぬ鳥屋の道　高野素十

## 2音　行事

**盆**　ぼん　初秋

3音 **盆会《ぼんえ》　盆供《ぼんく》　お盆**

4音 **盂蘭盆《うらぼん》　旧盆《きゅうぼん》　新盆《にいぼん》　初盆《はつぼん》**

5音 **盂蘭盆会《うらぼんえ》　盆祭《ぼんまつり》　迎盆《むかえぼん》**

## 2音　動物

**鹿**　しか　三秋

例　自転車に子供を乗せて鹿の中　岸本尚毅

3音 **すずか　すがる　小鹿《おじか》　牡鹿《おじか》　牝鹿《めじか》**

4音 **かのしし　小牡鹿《さおしか》　鹿鳴く**

5音 **紅葉鳥《もみじどり》　鹿の妻　鹿の声**

6音 **妻恋ふ鹿**

**しし**　三秋　⇨鹿

**猪**　しし　晩秋　⇩猪《いのしし》〔65頁〕

**雀鷹**　つみ　三秋　⇩小鷹《こたか》〔27頁〕

**鵙／百舌鳥／伯労鳥**　もず　三秋

例　鵙何か解き放ちゐる夕べかな　阪西敦子

例　かなしめば鵙金色の日を負ひ来　加藤楸邨

例　百舌鳥に顔切られて今日が始まるか　西東三鬼

4音 **初百舌鳥《はつもず》　稚児鵙《ちごもず》　赤鵙《あかもず》**

5音 **鵙猛《もずたけ》る　鵙の声　鵙日和《もずびより》　鵙の晴《はれ》**

6音 **鵙の高音《たかね》**

**鵯**　ひよ　晩秋　⇩鵯《ひよどり》〔65頁〕

**鶸**　ひわ　ひは　晩秋

アトリ科の鳥。真鶸《まひわ》（体長約一二センチ）をさすことが多い。なお、河原鶸《かわらひわ》は三春。

3音 **真鶸《まひわ》**

4音 **紅鶸《べにひわ》　金雀《きんじやく》**

5音 **小紅鶸《こべにひわ》　金翅雀《きんしじやく》**

**椋**　むく　三秋　⇩椋鳥〔66頁〕

**鵲**　かち　三秋　⇩鵲《かささぎ》〔66頁〕

**鷓鴣**　しゃこ　仲秋

キジ科の小型鳥。尾が短く羽毛はほぼ茶褐色。

**けら**　三秋　⇩啄木鳥《きつつき》〔67頁〕

**鴫／鷸**　しぎ　三秋

シギ科の鳥の総称。水辺に棲み、嘴が長い。

例 鴫たつや行き尽したる野末より　蕪村

3音 **田鴫《たしぎ》　鴫野《しぎの》**

4音 **青鴫　山鴫　鶴鴫　磯鴫　草鴫　浜鴫**

6音 **反嘴鴫《そりはししぎ》　赤脚鴫《あかあししぎ》　鴫突網《しぎつきあみ》　鴫の羽掻《はがき》**

7音 **鴫の羽掻《はねがき》　鴫の看経《かんきん》**

**鴇／朱鷺**　とき　三秋

ペリカン目トキ科の鳥。長い嘴の下方が湾曲。羽毛は薄桃色（鴇色）。

5音 **桃花鳥《とうかちょう》**

**雁**　かり　晩秋

カモ科の鳥。鴨よりも大型で首が長い。

例 駅弁のつめたし母と雁見て居て　阿部完市

3音 **真雁《まがん》**

4音 **雁《かり》が音《ね》　雁鳴《かりな》く　菱喰《ひしくい》　病雁《びょうがん》　病雁《やむかり》　白雁《はくがん》　黒《こく》**

**雁《がん》　初雁《はつかり》　雁行《がんこう》　落雁《らくがん》**

5音 沼太郎《ぬまたろう》　小田《おだ》の雁《かり》　雁渡《かりわた》る　天津雁《あまつかり》　雁《かり》の棹《さお》
雁《かり》の列《つら》　雁《かり》の声《こえ》
6音 酒面雁《さかつらがん》　雲井《くもい》の雁《かり》
7音 四十雀雁《しじゅうからがん》

**雁**　がん　晩秋　⇨雁《かり》

**あめ**　仲秋　⇩江鮭《あめのうお》〔116頁〕

**ぐづ**　ぐず　三秋　⇩鰍《かじか》〔28頁〕

**黄顙／鮰／鱨／義義**　ぎぎ　三秋
体長三〇センチにもなる大型の淡水魚。
3音 黄顙魚《ぎぎう》　きばち　ぎばち　ぎぎゅう

**鯔／鰡**　ぼら　仲秋
ボラ科の総称。成長につれ呼び名が変わる出世魚。
3音 おぼこ　名吉《なよし》　江鮒《えぶな》　口女《くちめ》　真鯔《まぼら》　めなだ
4音 小瀑《こざらし》　洲走《すばしり》　腹《はら》ぶと　伊勢鯉《いせごい》　鯔釣《ぼらつり》　いな釣
鯔飛ぶ
5音 目白鯔《めじろぼら》
6音 からすみ鯔
7音 小瀑江鮒《こざらしえぶな》

**いな**　仲秋　⇨鯔

**とど**　仲秋　⇨鯔

**鯊／沙魚**　はぜ　三秋
ハゼ科の魚の総称。種によって淡水にも海水にも棲息する。
例 平然と釣りしばかりの鯊泳ぐ　右城暮石
3音 真鯊《まはぜ》　ふるせ　ちちぶ　どんこ
4音 黒鯊《くろはぜ》　赤鯊《あかはぜ》　虎鯊《とらはぜ》　飛鯊《とびはぜ》　鯊干す
5音 鯊日和《はぜびより》　鯊の秋　鯊の汐《しお》／鯊の潮《しお》

**しこ**　仲秋　⇩鯷《ひしこ》〔30頁〕

**太刀**　たち　仲秋　⇩太刀魚《たちうお》〔69頁〕

**鮭**　さけ　仲秋
例 円ら眼は鮭の生きゐしときのまま　山口誓子
4音 秋味《あきあじ》　初鮭《はつざけ》

7音　**鼻曲《はなまが》り鮭《さけ》**

**しやけ**　しやけ　仲秋　⇨鮭

**虫**　むし　三秋

季語として単に「虫」は秋の夜に鳴く虫。

例　いつもこの椅子にある身や虫今宵　高浜虚子

4音　**鳴く虫　虫鳴く　虫の音《ね》　虫の夜《よ》　虫聞《むしきき》**

5音　**虫の声　虫時雨《むししぐれ》　虫の闇　虫の秋　昼の虫　虫《むし》集《すだ》く**

**ぎす**　初秋　⇩螽斯《きりぎりす》〔119頁〕

## 2音　植物

**桃**　もも　初秋

例　桃食うて煙草を喫うて一人旅　星野立子

例　真ん中が桃の匂ひの映画館　岡野泰輔

例　翁かの桃の遊びをせむと言ふ　中村苑子

例　桃が歯に沁みて河口のひろびろと　岸本尚毅

3音　**毛桃《けもも》**

4音　**桃の実　白桃《はくとう》**

6音　**水蜜桃《すいみつとう》　天津桃《てんしんとう》**

**梨／梨子**　なし　三秋

例　皮剝きて梨を透きとほらせること　藤井あかり

例　梨をむく指に手紙のあふれたり　小津夜景

例　川崎や小店小店の梨の山　正岡子規

4音　**豊水《ほうすい》　幸水《こうすい》　新水《しんすい》　洋梨　有《あり》の実《み》　梨売《なしうり》　梨園《なしえん》　梨狩《なしがり》**

5音　**ラ・フランス**

6音　**長十郎《ちょうじゅうろう》　二《に》十世紀《じっせいき》**

**柿**　かき　晩秋

例　ひとところ黒く澄みたる柿の肉　岸本尚毅

例　柿剝いて旗日を家にゐたりけり　太田うさぎ

例　水飲むが如く柿食ふ酔のあと　高浜虚子

4音　**渋柿《しぶがき》　甘柿《あまがき》　御所柿《ごしょがき》　伽羅柿《きゃらがき》　山柿《やまがき》　樽柿《たるがき》　こ**

ろ柿

5音 **蜂屋柿《はちや がき》　似柿《にたりがき》　百目柿《ひゃくめがき》　富有柿《ふゆうがき》　禅寺丸《ぜんじまる》　次郎柿《じろうがき》　木練柿《こねりがき》　さはし柿　柿なます　柿の秋　柿日和《かきびより》　木守柿《きもりがき》**

6音 **身不知柿《みしらずがき》　西条柿《さいじょうがき》　平核無《ひらたねなし》**

**ふじ**　晩秋　⇩林檎〔32頁〕

**栗**　くり　晩秋

例 栗のつや落ちしばかりの光なる　室生犀星

例 夢の無き時代の栗を拾ひけり　矢口晃

4音 **毬栗《いがぐり》　笑栗《えみぐり》　落栗《おちぐり》　三つ栗　山栗《やまぐり》　柴栗《しばぐり》　小栗《ささぐり》　焼栗《やきぐり》　ゆで栗　栗山《くりやま》**

5音 **一つ栗　丹波栗《たんばぐり》　虚栗《みなしぐり》　栗林《くりばやし》　栗拾《くりひろい》**

6音 **出落栗《でておちぐり》**

**木酢**　きず　晩秋　⇩酢橘《すだち》〔33頁〕

**柚子**　ゆず　晩秋

例 あつたかもしれぬ未来に柚子をのせ　岡野泰輔

例 柚子の香の柚子をはなるる真闇かな　正木浩一

4音 **柚子の実　獅子柚子《ししゆず》　鬼柚子《おにゆず》**

5音 **木守柚子《きもりゆず》**

**五倍子**　ふし　晩秋

ヌルデの木にできた虫瘤《むしこぶ》。

4音 **五倍子《ごばいし》**

**茱萸**　ぐみ　晩秋

実の色・形はサクランボに似ているが、やや楕円形。

例 少年考へ歩く曇天茱萸熟れる　佐藤鬼房

4音 **茱萸酒《ぐみざけ》**

**蔦**　つた　三秋

4音 **蔦の葉**

5音 **蔦紅葉《つたもみじ》　錦蔦《にしきつた》　蔦かづら**

**蘭**　らん　初秋

例 夜の蘭香にかくれてや花白し　蕪村

例 月落ちてひとすぢ蘭の匂ひかな　大江丸

4音 **秋蘭《しゅうらん》　蘭の香《か》**
5音 **蘭の秋　蘭の花**

**菊**　きく　三秋
例　渚にて金沢のこと菊のこと　田中裕明
例　菊の香や瓶より余る水に迄　其角
例　有る程の菊抛げ入れよ棺の中　夏目漱石
3音 **黄菊《きぎく》　小菊《こぎく》**
4音 **白菊《しらぎく》　八重菊《やえぎく》　大菊　中菊　初菊　乱菊　菊時《きくどき》**
5音 **菊の花　一重菊《ひとえぎく》　千代見草《ちよみぐさ》　菊作り　菊の宿**
**菊の友　菊畑《きくばたけ》**
6音 **厚物咲《あつものざき》　懸崖菊《けんがいぎく》　籬《まがき》の菊**

**蒲蘆**　ほろ　三秋　⇩瓢《ふくべ》〔35頁〕

**葫蘆**　ころ　三秋　⇩瓢〔同右〕

**芋**　いも　三秋
例　芋十句ほかに近況などすこし　田中裕明
3音 **子芋《こいも》　田芋《たいも》**
4音 **里芋　家芋　親芋　芋の子　芋秋《いもあき》　蓮芋《はすいも》　芋の葉**
5音 **八頭《やつがしら》　芋畑《いもばたけ》　芋の秋　赤芽芋《あかめいも》　芋水車《いもすいしゃ》**
8音 **里芋田楽《さといもでんがく》**

**小菜**　こな　仲秋　⇩間引菜〔81頁〕

**稲**　いね　三秋
例　山川やひかりの末の稲を負ひ　永島靖子
例　ことごとく稲の倒るる日和かな　大木あまり
3音 **粳《うるち》　稲葉《いなば》　初穂　稲穂《いなほ》　田《た》の実《み》**
4音 **富草《とみくさ》　粳稲《うるしね》　餅米　稲の穂　八束穂《やつかほ》　稲の香《か》**
5音 **稲筵《いなむしろ》　麝香米《じゃこうまい》　稲の波　稲穂波《いなほなみ》　稲の秋**
6音 **水影草《みずかげぐさ》**

**稲**　しね　三秋　⇨稲

**糯**　もち　三秋　⇨稲

**早稲**　わせ　初秋
4音 **早稲《わせ》の香《か》　早稲の穂**

7音 **室《むろ》のはや早稲《わせ》**

## おく
晩秋　⇩晩稲《おくて》〔37頁〕

## 稗／穇
ひえ　仲秋

イネ科の一年生作物。粥《かゆ》などの食用や飼料になる。

例 仕事ともなく雲の田に稗ひきに　松瀬青々

3音 **田稗《たびえ》**

4音 **畑稗《はたびえ**　**稗刈《ひえかり》**　**稗取《ひえとり》**

## 黍
きび　仲秋

イネ科の一年生作物。実は黄色く、食用。

4音 **黍の穂**　**餅黍《もちきび》**　**黍刈る**

5音 **黍畑《きびばたけ》**　**黍団子《きびだんご》**

## 粟
あわ　あは　仲秋

イネ科の一年生作物。餅などの食用になる。

例 よき家や雀よろこぶ背戸の粟　芭蕉

4音 **粟の穂**　**粟餅《あわもち》**　**粟飯《あわめし》**

5音 **粟畑《あわばたけ》**

## 胡麻
ごま　仲秋

4音 **新胡麻《しんごま》**　**白胡麻《しろごま》**　**黒胡麻《くろごま》**　**金胡麻《きんごま》**

## 萩
はぎ　初秋

マメ科の落葉低木の総称。薄紫色の小花が咲く。

例 雨粒のひとつひとつが萩こぼす　山口青邨

3音 **小萩《こはぎ》**　**真萩《まはぎ》**　**野萩《のはぎ》**　**萩見《はぎみ》**

4音 **糸萩《いとはぎ》**　**白萩《しらはぎ》**　**紅萩《べにはぎ》**　**秋萩《あきはぎ》**　**初萩**　**萩の野**　**萩原《はぎわら》**
**萩叢《はぎむら》**　**山萩**　**萩散る**　**萩の戸**

5音 **初見草《はつみぐさ》**　**古枝草《ふるえぐさ》**　**玉見草《たまみぐさ》**　**月見草《つきみぐさ》**　**庭見草《にわみぐさ》**　**野《の》**
**守草《もりぐさ》**　**萩の花**　**こぼれ萩**　**乱れ萩**　**萩の宿**　**萩日和《はぎびより》**

6音 **鹿鳴草《しかなきぐさ》**　**鹿妻草《しかつまぐさ》**　**宮城野萩《みやぎのはぎ》**　**萩の主《あるじ》**

7音 **もとあらの萩**　**萩の下風《したかぜ》**　**萩の下露《したつゆ》**

## 萱
かや　三秋

芒《すすき》や茅《ちがや》などイネ科の多年草の総称。

3音 **萱野《かやの》**

4音 **萱の穂**　**萱原《かやはら》**

**茅** かや 三秋 ⇩茅《ちがや》〔38頁〕

**荻** おぎ をぎ 三秋

イネ科の多年草。芒《すすき》〔38頁〕に似ているが、芒のように束《たば》では生えない。

4音 **浜荻《はまおぎ》** **荻原《おぎはら》**

5音 **寝覚草《ねざめぐさ》**

6音 **風持草《かぜもちぐさ》** **風聞草《かぜききぐさ》**

**葛** くず 三秋

マメ科の蔓性多年草。根を葛粉《くずこ》にする。

3音 **真葛《まくず》**

4音 **葛の葉**

5音 **葛かづら** **真葛原《まくずはら》** **葛嵐《くずあらし》**

6音 **葛の葉《は》裏《うら》**

**郁子** むべ 初秋

アケビ科の蔓性常緑樹。紫色の実をつける。

4音 **郁子の実**

6音 **常葉通草《ときわあけび》**

**うべ** 初秋 ⇨郁子

**地楡** ちゆ 仲秋 ⇩吾亦紅《われもこう》〔134頁〕

**附子** ぶし 仲秋 ⇩鳥兜《とりかぶと》〔135頁〕

**烏頭** うず うづ 仲秋 ⇩鳥兜〔同右〕

**たけ** 晩秋 ⇩茸《きのこ》〔39頁〕

# 3音の季語

## 3音 時候

**素秋** そしゅう そしう 三秋 ⇩秋〔8頁〕

**初秋** しょしゅう しよしう 初秋

新暦でおおむね八月。二十四節気の立秋から白露の前日まで。

4音 **初秋《はつあき》 新秋《しんしゅう》 孟秋《もうしゅう》 早秋《そうしゅう》 秋口《あきぐち》**

5音 **秋浅し 秋初め**

**文月** ふづき 初秋 ⇩文月《ふみづき》〔40頁〕

**秋来** あきく 初秋 ⇩立秋〔40頁〕

**残暑** ざんしょ 初秋

例 底ひびきする大阪の残暑かな 橋閒石

例 あをあをと夕空澄みて残暑かな 日野草城

例 東京に天皇のゐる残暑かな 雪我狂流

5音 **秋暑し**

6音 **残る暑さ**

**秋暑** しゅうしょ しうしよ 初秋 ⇨残暑

**餞暑** せんしょ 初秋 ⇨残暑

**厄日** やくび 仲秋 ⇩二百十日〔137頁〕

**葉月** はづき 仲秋

旧暦八月の異称。

4音 **萩月《はぎづき》 壮月《そうげつ》 桂月《けいげつ》 中律《ちゅうりつ》 難月《なんげつ》 中商《ちゅうしょう》**

5音 **月見月《つきみづき》 草津月《くさつづき》 木染月《こそめづき》 濃染月《こぞめづき》 雁来月《かりくづき》**

**桂月《かつらづき》**

6音 **秋風月《あきかぜづき》 紅染月《べにぞめづき》**

7音 **燕去月《つばめさりづき》**

**九月** くがつ くぐわつ 仲秋

例 雲なべて海へ出てゆく九月かな 太田うさぎ

**白露**　はくろ　仲秋

二十四節気で九月七日頃。またその日から約一五日間。

**秋社**　しゅうしゃ　しうしゃ　仲秋

秋分に最も近い戊《つちのえ》の日。豊穣に感謝する。

6音 **秋の社日《しゃにち》**

**季秋**　きしゅう　きしう　晩秋　⇩晩秋〔41頁〕

**秋夜**　しゅうや　しうや　三秋　⇩秋の夜〔42頁〕

**夜長／夜永**　よなが　仲秋

例 にせものときまりし壺の夜長かな　木下夕爾

4音 **長《なが》き夜《よ》**

**長夜**　ちょうや　ちやうや　仲秋　⇨夜長

**秋気**　しゅうき　しうき　三秋

5音 **秋気澄《しゅうきす》む**

**爽気**　そうき　さうき　三秋　⇩爽やか〔43頁〕

**さやか**　三秋　⇩爽やか〔同右〕

**寒露**　かんろ　晩秋

二十四節気で一〇月八日頃。また、その日から約一五日間。

**夜寒**　よさむ　晩秋

4音 **宵寒《よいさむ》**　**夜《よ》寒《さむ》さ**

5音 **夜《よ》を寒《さむ》み**

**暮秋**　ぼしゅう　ぼしう　晩秋　⇩暮の秋〔90頁〕

## 3音　天文

**秋日／秋陽**　あきび　三秋

4音 **秋の日**

5音 **秋日射《あきひざし》**　**秋日影《あきひかげ》**　**秋入日《あきいりひ》／秋没日《あきいりひ》**

6音 **秋の夕日**

**月夜**　つきよ　三秋　⇩月〔8頁〕

例 月夜経て鉄の匂いの乳母車　林田紀音夫

**月下**　げっか　三秋　⇩月〔同右〕

**姮娥**　こうが　三秋　⇩月〔同右〕

**玉兎**　ぎょくと　三秋　⇩月〔同右〕

**嫦娥**　じょうが　じやうが　三秋　⇩月〔同右〕

**孀娥**　そうが　さうが　三秋　⇩月〔同右〕

**初魄**　しょはく　仲秋　⇩三日月《みかづき》〔45頁〕

**良夜**　りょうや　りやうや　仲秋

名月〔46頁〕の夜。

例 木の上に雲現れし良夜かな　岸本尚毅

4音 **良宵**《りょうしょう》

**佳宵**　かしょう　かせう　仲秋　⇨良夜

**無月**　むげつ　仲秋

雲のせいで名月〔46頁〕が見えないこと。

例 欄干に寄りて無月の隅田川　高浜虚子

例 無月だとヒゲタ醤油のはうがいい　山口東人

5音 **月の雲**

7音 **中秋無月**《ちゅうしゅうむげつ》　**曇る名月**

**雨月**　うげつ　仲秋

雨のせいで名月〔46頁〕が見えないこと。

例 雨月なり後部座席に人眠らせ　榮猿丸

5音 **雨の月**　**月の雨**

6音 **雨名月**《あめめいげつ》　**雨夜**《あまよ》**の月**

**既望**　きぼう　きばう　仲秋　⇩十六夜《いざよい》〔46頁〕

**居待**　いまち　ゐまち　仲秋　⇩居待月《いまちづき》〔93頁〕

**寝待**　ねまち　仲秋　⇩臥待月《ふしまちづき》〔139頁〕

**銀河**　ぎんが　三秋　⇩天の川〔94頁〕

例 またの世の枕に束ね置く銀河　佐藤鬼房

例 銀座銀河銀河銀座東京廃墟　三橋敏雄

**明河**　めいが　三秋　⇩天の川〔同右〕

**星河**　せいが　三秋　⇩天の川〔同右〕

**河漢**　かかん　三秋　⇩天の川〔同右〕

**二星**　にせい　初秋　⇩二つ星〔94頁〕

**二星**　じせい　初秋　⇩二つ星〔同右〕

**素風**　そふう　三秋　⇩色なき風〔140頁〕

**野分**　のわき　仲秋
台風のこと。
例　鳥羽殿へ五六騎いそぐ野分かな　蕪村
例　海原に生まれ野分として吹ける　浅沼璞
5音　**野《の》分《わき》だつ**　**野《の》分波《わきなみ》**　**野《の》分雲《わきぐも》**　**野《の》分後《わきあと》**　**野《の》分晴《わきばれ》**
**夕野《ゆうの》分《わき》**

**野わけ**　のわけ　仲秋　⇨野分

**颶風**　ぐふう　仲秋　⇩台風〔48頁〕

**夜霧**　よぎり　三秋　⇩霧〔9頁〕

**野霧**　のぎり　三秋　⇩霧〔同右〕

**狭霧**　さぎり　三秋　⇩霧〔同右〕

**濃霧**　のうむ　三秋　⇩霧〔同右〕

**霧笛**　むてき　三秋　⇩霧〔同右〕

**夜露**　よつゆ　三秋　⇩露〔同右〕
例　鉄腕アトム夜露にさらされて眠る　福田若之

## 3音　地理

**秋野**　あきの　三秋　⇩秋の野〔49頁〕

**花野**　はなの　三秋
例　大阿蘇の浮びいでたる花野かな　野村泊月
5音　**花野原**　**花野道**　**花野風**

**花壇**　かだん　くわだん　三秋　⇩花畑《はなばたけ》〔97頁〕

**稲田**　いなだ　仲秋　⇩秋の田〔50頁〕

**早稲田**　わせだ　仲秋　⇩秋の田〔同右〕

**山田**　やまだ　仲秋　⇩秋の田〔同右〕

**刈田**　かりた　晩秋
例　鷺白く置き残したる刈田かな　鷹羽狩行
5音　**刈田《かりた》原《はら》**　**刈田《かりた》道《みち》**　**刈田《かりた》面《づら》**

## 3音　生活

**新酒**　しんしゅ　晩秋

その年の米で造った酒。

例　樽あけて泡吹かれよる新酒かな　飯田蛇笏

4音　**早稲酒**《わせざけ》　**利酒**《ききざけ》

5音　**今年酒**《ことしざけ》　**新走**《あらばしり》　**新酒糟**《しんしゅかす》

**聞酒**　もんしゅ　晩秋　⇨新酒

**濁酒**　だくしゅ　仲秋　⇩濁り酒〔98頁〕

**醪／醅／諸味／諸醪**　もろみ　仲秋　⇩濁り酒〔同右〕

**古米**　こまい　三秋

新米が穫れた後も残っている去年の米。

**夜食**　やしょく　三秋

例　夜食欲る一人に厨灯しけり　稲畑汀子

**柚餅子**　ゆべし　晩秋

柚子〔14頁〕から作る和菓子。

**柚味噌**　ゆみそ　晩秋

柚子〔14頁〕から作る味噌。

4音　**柚子味噌**《ゆずみそ》　**柚子釜**《ゆずがま》

5音　**柚味噌釜**《ゆみそがま》

**柚釜**　ゆがま　晩秋　⇨柚味噌

**はらら**　仲秋　⇩鮞《はららご》〔52頁〕

**筋子**　すじこ　すぢこ　仲秋　⇩鮞〔同右〕

**すずこ**　仲秋　⇩鮞〔同右〕

**甘子**　あまこ　仲秋　⇩鮞〔同右〕

**はらこ**　仲秋　⇩鮞〔同右〕

**いくら**　仲秋　⇩鮞〔同右〕

**鱁鮧／潤香**　うるか　晩秋

鮎の塩辛。

4音　**子うるか**

5音　**臓**《わた》**うるか**　**苦**《にが》**うるか**

**とろろ**　晩秋　⇩薯蕷汁《とろろじる》〔100頁〕

**添水**　そうず　そふづ　三秋

竹筒に水を流し音を出す仕掛け。かつては田畑から鳥獣を追い出すのに用いたが、近年は庭園に設《しつら》える。

5音 **ばったんこ　鹿威《ししおど》し**

6音 **兎鼓《うさぎつづみ》　迫《さこ》の太郎《たろう》**

7音 **添水《そうず》唐臼《からうす》**

**秋簾**　あきす　仲秋　⇩秋簾《あきすだれ》〔101頁〕

**秋炉**　しゅうろ　しうろ　晩秋　⇩秋の炉〔53頁〕

**案山子**　かがし　三秋

例 下半身省略されて案山子佇つ　大石雄鬼

例 その一つ案山子に非ず歩きけり　岸本尚毅

5音 **捨案山子《すてかがし》　遠案山子《とおかがし》**

**かかし**　三秋　⇨案山子

**おどし**　三秋　⇨案山子

**鳴子**　なるこ　三秋

稲田から鳥を音で追い出す竹の管などの仕掛け。

例 あれよあれよ鳴子に鳥のとぶことよ　正岡子規

2音 **引板《ひた》**

4音 **鳴竿《なるさお》　引板《ひきいた》　鳴子田《なるこだ》**

5音 **鳴子縄《なるこなわ》　鳴子綱《なるこづな》　鳴子守《なるこもり》　鳴子引《なるこびき》　鳴子番《なるこばん》**

**田守**　たもり　三秋

鳥などの被害から稲田を守るための番。

4音 **小《お》田《だ》守《も》る　稲番《いなばん》　田《た》の庵《いお》　稲小屋《いねごや》**

5音 **田番小屋《たばんごや》**

**田守る**　たもる　三秋　⇨田守

**鹿火屋**　かびや　三秋

田畑を害獣から守るために火を焚く番小屋。

5音 **鹿火屋守《かびやもり》**

**猪垣**　いがき　ゐがき　三秋　⇩鹿垣《ししがき》〔53頁〕

**田刈る**　たかる　仲秋　⇩稲刈〔53頁〕

**夜刈**　よがり　仲秋　⇩稲刈〔同右〕

**稲架**　いなか　仲秋　⇩稲架《はざ》〔9頁〕

**稲木**　いなぎ　仲秋　⇩稲架〔同右〕

**稲城**　いなぎ　仲秋　⇩稲架〔同右〕

**田母木**　たもぎ　仲秋　⇩稲架〔同右〕

**稲棒**　ぼっち　仲秋　⇩稲架〔同右〕
**稲棒**　まつち　仲秋　⇩稲架〔同右〕
**稲架木**　はさき　仲秋　⇩稲架〔同右〕
**田茂木**　たもぎ　仲秋　⇩稲架〔同右〕
**すくも**　仲秋　⇩籾《もみ》〔10頁〕
**不作**　ふさく　仲秋　⇩凶作〔54頁〕
**夜なべ**　よなべ　晩秋
4音　**夜仕事《よしごと》**
**夜業**　やぎょう　やげふ　晩秋　⇨夜なべ
例　六本木ヒルズ夜業も夜遊びも　辻内京子
例　のうのうと夜業半ばに髭当たる　野口裕
**砧／碪**　きぬた　三秋
洗濯物を濡れた状態で叩く道具。
例　槌の鐏柄に及びたる砧かな　岸本尚毅
5音　**砧打つ**　**衣打つ《ころもうつ》**　**砧盤《きぬたばん》**　**砧槌《きぬたづち》**　**夕砧《ゆうきぬた》**　**小夜砧《さよきぬた》**
**宵砧《よいきぬた》**　**遠砧《とおきぬた》**　**紙砧《かみきぬた》**　**葛砧《くずきぬた》**
6音　**二丁砧《にちょうきぬた》**
**擣衣**　とうい　たうい　三秋　⇨砧
**鳥屋師**　とやし　晩秋　⇩小鳥狩《ことりがり》〔104頁〕
**囮**　おとり　晩秋
獲物をおびき寄せるのに使う囮の鳥。
例　囮より小さき鳥の来りけり　広渡敬雄
4音　**媒鳥《ばいちょう》**
5音　**囮番《おとりばん》**　**囮守《おとりもり》**　**囮籠《おとりかご》**
**根釣**　ねづり　仲秋
岩礁にいる魚（根魚）を釣ること。
4音　**岸釣《きしづり》**
5音　**根魚釣《ねうおづり》**
**根魚**　ねうお　ねうを　仲秋　⇨根釣
**相撲／角力**　すもう　すまふ　初秋
4音　**関取《せきとり》**　**夜相撲《よずもう》**
5音　**相撲取《すもうとり》**　**辻相撲**　**草相撲**　**宮相撲**　**大相撲**　**勝《かち》**

相撲《ずもう》　負相撲《まけずもう》　相撲札《すもうふだ》　土俵入り

6音　神事相撲《しんじずもう》　田舎相撲《いなかずもう》　相撲柱《すもうばしら》

7音　相撲節会《すまいのせちえ》　素人相撲《しろうとずもう》　相撲番付《すもうばんづけ》

**力士**　りきし　初秋　⇨相撲

**土俵**　どひょう　どへう　初秋　⇨相撲

**月見**　つきみ　仲秋

例　この山の神も一座に月見かな　永方裕子

4音　観月《かんげつ》　月の座

5音　月祭《つきまつ》る　月の宴《えん》　月を待つ　月の宿　月見舟《つきみぶね》

月の客　月見酒　月見茶屋　月見莫蓙《つきみござ》　片見月《かたみづき》

6音　月の主《あるじ》　月見団子　後《のち》の月見《つきみ》

**菊師**　きくし　晩秋　⇩菊人形〔143頁〕

例　頼朝の首を抱へてゐる菊師　菊田一平

**虫屋**　むしや　三秋　⇩虫売〔57頁〕

**夜学**　やがく　三秋

例　悲しさはいつも酒気ある夜学の師　高浜虚子

4音　夜学子《やがくし》

5音　夜学生《やがくせい》　夜学校《やがっこう》

7音　夜間学校

**秋思**　しゅうし　しうし　三秋

例　秋思みな休むに似たり眉を寄せ　仁平勝

4音　秋懐《しゅうかい》　傷秋《しょうしゅう》　秋容《しゅうよう》

5音　秋あはれ　秋さびし

**秋意**　しゅうい　しうい　三秋

## 3音　行事

**くんち**　晩秋　⇩おくんち〔58頁〕

**男星**　おぼし　をぼし　初秋　⇩牽牛《けんぎゅう》〔59頁〕

**織女**　しょくじょ　しよくぢよ　初秋

琴座のベガ。

4音　妻星《つまぼし》　織姫《おりひめ》

5音　星の妻

6音 **機織姫《はたおりひめ》　棚機津女《たなばたつめ》**

**女星**　めぼし　初秋　⇨織女

**佞武多**　ねぶた　初秋

津軽地方の七夕の催し。青森では「ねぶた」、弘前では「ねぷた」と呼ぶ。

4音 **竿灯《かんとう》**

6音 **佞武多祭《ねぶたまつり》**

**佞武多**　ねぷた　初秋　⇨佞武多

**盆会**　ぼんえ　ぼんゑ　初秋　⇩盆〔10頁〕

**盆供**　ぼんく　初秋　⇩盆〔同右〕

**お盆**　おぼん　初秋　⇩盆〔同右〕

**苧殻／麻幹**　おがら　をがら　初秋

麻の茎を干したもの。門火〔26頁〕に焚いたり、精霊棚〔145頁〕の飾りなどに使う。

**門火**　かどび　初秋

盆〔10頁〕の迎え火・送り火。

4音 **苧殻火《おがらび》**

5音 **苧《お》殻《がら》焚《た》く**

**墓参**　ぼさん　初秋　⇩墓参《はかまいり》〔108頁〕

**展墓**　てんぼ　初秋　⇩墓参〔同右〕

**施餓鬼**　せがき　初秋

餓鬼道で苦しむ亡者《もうじゃ》に食事を施す供養。

例 山川に人の入りゆく施餓鬼かな　田中裕明

4音 **施餓鬼会《せがきえ》　お施餓鬼**

**踊**　おどり　をどり　初秋

俳句では「盆踊」をさす。

4音 **踊場《おどりば》　踊子　踊見《おどりみ》　盆唄**

5音 **盆踊《ぼんおどり》　音頭取《おんどとり》　踊笠《おどりがさ》　辻踊《つじおどり》　踊唄《おどりうた》**

6音 **踊櫓《おどりやぐら》　踊浴衣《おどりゆかた》　踊太鼓《おどりだいこ》　おけさ踊《おどり》**

7音 **念仏踊《ねんぶつおどり》　題目踊《だいもくおどり》　灯籠踊《とうろうおどり》　豊年踊《ほうねんおどり》**

**普羅忌**　ふらき　初秋

八月八日。俳人、前田普羅（一八八四～一九五四）の忌日。

5音 立秋忌《りっしゅうき》

**乃木忌**　のぎき　仲秋

九月一三日。陸軍軍人、乃木希典（一八四九〜一九一二）の忌日。

5音 **希典忌**《まれすけき》　**乃木祭**《のぎまつり》

**子規忌**　しきき　仲秋

九月一九日。俳人・歌人、正岡子規（一八六七〜一九〇二）の忌日。

例 くつきりと子規忌の富士でありにけり　星野椿

例 子規忌なりいまは美顔に使ふ水　中原道夫

4音 **糸瓜忌**《へちまき》

5音 **獺祭忌**《だっさいき》

## 3音　動物

**すずか**　三秋　⇩鹿〔10頁〕

**すがる**　三秋　⇩鹿〔同右〕

**小鹿**　おじか　をじか　三秋　⇩鹿〔同右〕

**牡鹿**　おじか　をじか　三秋　⇩鹿〔同右〕

**牝鹿**　めじか　三秋　⇩鹿〔同右〕

**小鷹**　こたか　三秋

小型の鷹の総称。雀鷹《つみ》や鷂《はいたか》など。

2音 **雀鷹**《つみ》

4音 **鶻**《はいたか》／**鷂**《はいたか》　**鶻**《はしたか》／**鷂**《はしたか》　**悦哉**《えっさい》

5音 **小隼**《こはやぶさ》

**兄鷂**　このり　三秋　⇨小鷹

**刺羽**　さしば　三秋　⇨小鷹

**小鳥**　ことり　仲秋・晩秋

秋の山野に棲む小鳥の総称。

例 白壁やとべば小鳥は空の中　八田木枯

**帰燕**　きえん　仲秋　⇩燕帰る〔148頁〕

例 ピアノの奥に湾の広がる帰燕かな　大石雄鬼

**鶫**　つぐみ　晩秋

ヒタキ科の鳥。体長約一五センチ。
4音 白腹《しろはら》
7音 八丈鶫《はちじょうつぐみ》

**鳥馬**　ちょうま　てうま　晩秋　⇨鶫

**懸巣／懸巣鳥**　かけす　三秋
カラス科の鳥。体長約三三センチ。
4音 橿鳥《かしどり》／樫鳥《かしどり》

**真鶸**　まひわ　まひは　晩秋　⇩鶸《ひわ》〔11頁〕

**花鶏／獦子鳥**　あとり　晩秋
アトリ科の鳥。体長約一六センチ。全体に茶褐色で羽はほぼ濃紺。

**猿子**　ましこ　晩秋　⇩猿子鳥《ましこどり》〔114頁〕

**交喙鳥／交嘴鳥／鶍**　いすか　仲秋・晩秋
アトリ科の鳥。全体に黄褐色で尾が濃い灰色。

**鶲**　ひたき　晩秋
スズメ目ヒタキ科の小鳥の総称。
4音 馬鹿《ばか》つちよ
5音 尉鶲《じょうびたき》　火《ひ》焚鳥《たきどり》　紋鶲《もんびたき》　団子《だんご》背負《しょ》ひ

**烏鵲**　うじゃく　三秋　⇩鵲《かささぎ》〔66頁〕

**鶉**　うずら　うづら　三秋
キジ科の鳥。体長約二〇センチ。全体に褐色で、黄と黒の斑がある。
4音 鶉斑《うずらふ》　鶉野《うずらの》
5音 片鶉《かたうずら》　諸鶉《もろうずら》　駆鶉《かけうずら》
6音 鶉の床《とこ》

**小げら**　こげら　三秋　⇩啄木鳥《きつつき》〔67頁〕

**田鴫**　たしぎ　三秋　⇩鴫《しぎ》〔11頁〕

**鴫野**　しぎの　三秋　⇩鴫〔同右〕

**真雁**　まがん　晩秋　⇩雁《かり》〔11頁〕

**あめご**　仲秋　⇩江鮭《あめのうお》〔116頁〕

**甘子**　あまご　仲秋　⇩江鮭〔同右〕

**鰍**　かじか　三秋

渓流などに棲み、淡褐色・暗褐色で日本固有種。

2音　**ぐづ**

4音　**石伏《いしぶし》／石斑魚《いしぶし》**

5音　**川鰍《かわかじか》　川をこぜ　鰍突く**

**黄顙魚**　きぎう　三秋　⇩黄顙《ぎぎ》〔12頁〕

**きばち**　三秋　⇩黄顙〔同右〕

**ぎばち**　三秋　⇩黄顙〔同右〕

**ぎぎゆう**　ぎぎゅう　三秋　⇩黄顙〔同右〕

**おぼこ**　仲秋　⇩鯔《ぼら》〔12頁〕

**名吉**　なよし　仲秋　⇩鯔〔同右〕

**江鮒**　えぶな　仲秋　⇩鯔〔同右〕

**口女**　くちめ　仲秋　⇩鯔〔同右〕

**真鯔**　まぼら　仲秋　⇩鯔〔同右〕

**めなだ**　仲秋　⇩鯔〔同右〕

**鱸**　すずき　仲秋

スズキ科の海水魚。成長につれ呼び名が変わる出世魚。体長六〇センチ以上が鱸。

5音　**川鱸《かわすずき》　海鱸《うみすずき》　鱸網《すずきあみ》**

**せいご**　仲秋　⇨鱸《すずき》

**ふっこ**　ふっこ　仲秋　⇨鱸

**木つ葉**　こっぱ　仲秋　⇨鱸

**真鯊**　まはぜ　三秋　⇩鯊《はぜ》〔12頁〕

**ふるせ**　三秋　⇩鯊〔同右〕

**ちちぶ**　三秋　⇩鯊〔同右〕

**どんこ**　三秋　⇩鯊〔同右〕

**小鰭**　こはだ　初秋　⇩鰶《このしろ》〔69頁〕

鰶の関東での呼び名。

**しんこ**　初秋　⇩鰶〔同右〕

その年に生まれた鰶。

**つなし**　初秋　⇩鰶〔同右〕

**さっぱ**　さっぱ　初秋　⇩鰶〔同右〕

**鰯／弱魚／鰮**　いわし　三秋

4音 真鰯《まいわし》

5音 鰯売《いわしうり》

**鯷** ひしこ 仲秋

カタクチイワシ科の海水魚。体長約一五センチ。

2音 **しこ**

4音 **小鰯**《こいわし》

5音 **しこ鰯**

6音 **鯷鰯**《ひしこいわし》 **背黒鰯**《せぐろいわし》

7音 **片口鰯**《かたくちいわし》 **縮緬鰯**《ちりめんいわし》

**稚鰤** わらさ 三秋

鰤《ぶり》（三冬）の成魚になる直前のもの。

**帯魚** たいぎょ 仲秋 ⇩太刀魚《たちうお》〔69頁〕

**秋刀魚** さんま 晩秋

例 火だるまの秋刀魚を妻が食はせけり 秋元不死男

5音 **初秋刀魚**《はつさんま》 **秋刀魚網**《さんまあみ》

**さいら** 晩秋 ⇨秋刀魚

**蜻蛉／蜻蜓** とんぼ 三秋

例 とどまればあたりにふゆる蜻蛉かな 中村汀女

例 上のとんぼ下のとんぼと入れかはる 上田信治

4音 **とんばう** **黄**《き》**やんま**

5音 **墨蜻蛉**《すみとんぼ》 **青蜻蛉**《あおとんぼ》 **鬼やんま** **銀やんま** **黒やんま** **蜻蛉釣**《とんぼつり》

6音 **昔蜻蛉**《むかしとんぼ》

7音 **塩辛蜻蛉**《しおからとんぼ》 **麦藁蜻蛉**《むぎわらとんぼ》 **精霊蜻蛉**《しょうりょうとんぼ》

**あきつ** 三秋 ⇨蜻蛉

**やんま** 三秋 ⇨蜻蛉

**のしめ** 三秋 ⇩赤蜻蛉《あかとんぼ》〔118頁〕

**竈馬** いとど 三秋

カマドウマ科の昆虫の総称。鳴かない。

4音 **いいぎり**

5音 **かまどうま** **かまどむし**

6音 **えび蟋蟀**《こおろぎ》

7音 おかま蟋蟀《こおろぎ》　裸蟋蟀《はだかこおろぎ》　おさる蟋蟀《こおろぎ》

9音 えんのした蟋蟀《こおろぎ》

**かまご**　三秋　⇨竈馬

**ちちろ**　三秋　⇩蟋蟀《こおろぎ》〔70頁〕

**すいと**　初秋　⇩馬追《うまおい》〔71頁〕

**螇蚸／飛頭／飛蝗**　ばった　初秋

例 ばつた跳ね島の端なること知らず　津田清子

4音 蟿螽《はたはた》　きちきち　螇蚸《けいせき》

7音 きちきち螇蚸《ばつた》　殿様螇蚸《とのさまばつた》　米搗螇蚸《こめつきばつた》　精霊螇蚸《しょうりょうばつた》

**蝗／螽／稲子**　いなご　初秋

5音 稲子麿《いなごまろ》　蝗捕《いなごとり》／蝗採《いなごとり》　蝗串《いなごぐし》

**浮塵子／白蠟虫**　うんか　三秋

ウンカ科などの昆虫の総称。淡黄色で体長約五ミリと小さい。

例 象潟は浮塵子退治の煙かな　岸本尚毅

4音 糠蠅《ぬかばえ》　泡虫《あわむし》

6音 実盛虫《さねもりむし》　背《せ》白《じろ》浮塵子《うんか》

7音 鳶色《とびいろ》浮塵子《うんか》

**秋蚕**　あきご　仲秋

春蚕《はるご》の収穫後から九月にかけて育てる蚕。

4音 秋蚕《しゅうさん》　秋繭《あきまゆ》

5音 初秋蚕《しょしゅうさん》

6音 晩秋蚕《ばんしゅうさん》

**菜虫**　なむし　晩秋

白菜や大根の葉を食い荒らす虫の総称。

4音 青虫《あおむし》

**遊糸**　ゆうし　いうし　晩秋　⇩雪迎《ゆきむか》へ〔120頁〕

## 3音　植物

**木槿**　むくげ　初秋

アオイ科の落葉樹。白、薄桃色などの五弁花。

例 みちのべのむくげは馬にくはれけり　芭蕉

4音 **底紅《そこべに》**

5音 **白木槿《しろむくげ》　紅木槿《べにむくげ》　花木槿《はなむくげ》　木槿垣《むくげがき》**

**もくげ**　初秋　⇨木槿

**はちす**　初秋　⇨木槿

**芙蓉**　ふよう　初秋

アオイ科の落葉低木。薄桃色や白で大ぶりの五弁花が咲く。

例 松風や芙蓉溺れむばかりにて　岸田稚魚

5音 **木芙蓉《もくふよう》　白芙蓉《しろふよう》　紅芙蓉《べにふよう》　花芙蓉《はなふよう》　酔芙蓉《すいふよう》**

**秋果**　しゅうか　しうくわ　三秋

**毛桃**　けもも　初秋　⇩桃〔13頁〕

**熟柿**　じゅくし　晩秋

例 くちばしの一撃ふかき熟柿かな　津川絵理子

例 寝室や熟柿のごとく麗子像　岡村知昭

4音 **うみ柿**

**こがき**　晩秋　⇩信濃柿〔121頁〕

**林檎**　りんご　晩秋

例 星空へ店より林檎あふれをり　橋本多佳子

例 つぎつぎと林檎が落ちてくる石段　岡野泰輔

例 矢の飛んで来さうな林檎買ひにけり　望月周

2音 **ふじ**

4音 **紅玉《こうぎよく》　王林《おうりん》**

5音 **林檎園《りんごえん》　林檎狩《りんごがり》**

**つがる**　晩秋　⇨林檎

**葡萄**　ぶどう　ぶだう　仲秋

例 新聞を大きくひらき葡萄食ふ　石田波郷

例 種なしの葡萄の小さき種を噛む　小野あらた

4音 **ピオーネ　デラウェア**

5音 **マスカット　黒葡萄　葡萄園　葡萄棚　葡萄狩**

7音 **甲州葡萄　種なし葡萄**

**巨峰**　きょほう　仲秋　⇨葡萄

**石榴／柘榴**　ざくろ　仲秋

例　石榴紅し都へつづく空を見て　柿本多映

4音　**石榴**《せきりゅう》

**棗**　なつめ　初秋

果実を乾燥させるなどして食用にする。

5音　**青棗**《あおなつめ》

**胡桃**　くるみ　晩秋

例　胡桃割る胡桃の中に使はぬ部屋　鷹羽狩行

5音　**姫胡桃**《ひめぐるみ》　**鬼胡桃**《おにぐるみ》　**沢胡桃**《さわぐるみ》　**河胡桃**《かわぐるみ》　**山胡桃**《やまぐるみ》
**胡桃割**《くるみわり》

**酢橘／酸橘**　すだち　晩秋

2音　**木酢**《きず》

**かぼす**　晩秋　⇨酢橘

**柑子**　こうじ　かうじ　晩秋

晩秋に熟すミカン科の常緑小高木。

6音　**柑子蜜柑**《こうじみかん》

7音　**薄皮蜜柑**《うすかわみかん》

**かぶす**　晩秋　⇩橙《だいだい》〔74頁〕

**くねぶ**　晩秋　⇩九年母《くねんぼ》〔74頁〕

**檸檬／レモン**　れもん　晩秋

例　レモン囓る夜空は大いなる途中　渋川京子

例　うつうつと一個のれもん妊《みもご》れり　三橋鷹女

**おにめ**　晩秋　⇩榲桲《まるめろ》〔75頁〕

**紅葉**　もみじ　もみぢ　晩秋

例　択捉の紅葉とらへし遠眼鏡　浪江啓子

4音　**紅葉**《こうよう》　**もみぢ葉**　**紅葉**《もみ》**出**《い》**づ**

5音　**色見草**《いろみぐさ》　**下紅葉**《したもみじ》　**入紅葉**《いりもみじ》　**夕紅葉**《ゆうもみじ》　**竜田草**《たつたぐさ》　**谷**《たに》
**紅葉**《もみじ》　**庭紅葉**《にわもみじ》　**紅葉川**《もみじがわ》　**紅葉山**《もみじやま》

6音　**妻恋草**《つまこいぐさ》　**楓紅葉**《かえでもみじ》

7音　**梢**《こずえ》**の錦**《にしき》

**色葉**　いろは　晩秋　⇨紅葉

**紅葉づ**　もみず　もみづ　晩秋　⇨紅葉

**黄葉**　もみじ　もみぢ　晩秋　⇩黄葉《こうよう》〔75頁〕

**黄ばむ**　きばむ　晩秋　⇩黄葉〔同右〕

**照葉**　てりは　晩秋

紅葉または黄葉に日が当たっている様。

5音 **照紅葉《てりもみじ》**

**楓／雞冠木**　かえで　かへで　晩秋

4音 **かへるで**　**紅楓《こうふう》**

5音 **山紅葉《やまもみじ》**

6音 **いろは紅葉《もみじ》**　**三《み》つ手《で》かへで**

7音 **一《ひと》つ葉《ば》かへで**

**木の実**　このみ　晩秋

5音 **木の実落つ**　**木の実降る**　**木の実雨**　**木の実独《ご》楽《ま》**　**木の実時**

6音 **木の実時雨《しぐれ》**　**木の実拾ふ**

**枸橘**　くきつ　晩秋　⇩枸橘《からたち》の実〔151頁〕

**枳殻**　きこく　晩秋　⇩枸橘の実〔同右〕

**枳実**　きじつ　晩秋　⇩枸橘の実〔同右〕

**枸杞子**　くこし　晩秋　⇩枸杞《くこ》の実〔77頁〕

枸杞の実を乾燥させたもの。

**枸杞酒**　くこしゅ　晩秋　⇩枸杞の実〔同右〕

**通草／木通**　あけび　仲秋

例 真つ黒な牛の顔ある通草かな　岸本尚毅

4音 **山女《やまひめ》**

5音 **おめかづら**　**かみかづら**　**通草棚《あけびだな》**　**通草かづら**

**あけぶ**　仲秋　⇨通草

**芭蕉**　ばしょう　ばせう　初秋

バショウ科の大型多年草。同属のバナナと違って、実は食用に向かない。

4音 **芭蕉葉《ばしょうば》**

5音 **芭蕉林《ばしょうりん》**

**カンナ**　三秋

例 眼帯のうちにて燃ゆるカンナあり　桂信子

例 鉄を打つ一瞬カンナ黄に眩み　三橋鷹女

例　鶏たちにカンナは見えぬかもしれぬ　渡辺白泉

4音　**檀特**《だんどく》

**黄菊**　きぎく　三秋　⇩菊〔15頁〕

**小菊**　こぎく　三秋　⇩菊〔同右〕

**紫苑**　しおん　しをん　仲秋

キク科の多年草。薄紫色の多弁花が咲く。

7音　**鬼**《おに》**の醜草**《しこぐさ》

**しをに**　しおに　仲秋　⇨紫苑

**うけら**　仲秋　⇩蒼朮《おけら》の花〔153頁〕

**朮**　おけら　をけら　仲秋　⇩蒼朮の花〔同右〕

**木賊／砥草**　とくさ　仲秋

茎が枝分かれせずに直立。葉は広がらず茎の節の部分を巻くように付く。観賞用のほか、研磨の材料になる。

**敗荷**　はいか　仲秋　⇩敗荷《やれはす》〔80頁〕

**西瓜**　すいか　すいくわ　初秋

例　物の本西瓜の汁をこぼしたる　高浜虚子

例　仏壇に西瓜一個は多すぎる　雪我狂流

5音　**西瓜番**《すいかばん》

6音　**西瓜畑**《すいかばたけ》

**南瓜**　かぼちゃ　仲秋

4音　**たうなす　なんきん　ぼうぶら**

5音　**栗南瓜**《くりかぼちゃ》

**冬瓜**　とうが　とうぐわ　初秋　⇩冬瓜《とうがん》〔80頁〕

**糸瓜／縑瓜／蛮瓜／布瓜**　へちま　三秋

4音　**糸瓜**《いとうり》　**長瓜**《ながうり》

5音　**糸瓜棚**《へちまだな》

**瓢**　ふくべ　三秋

例　雨の音瓢に雨のあたる音　岸本尚毅

2音　**蒲蘆**《ほろ》　**葫蘆**《ころ》

4音　**瓢箪**《ひょうたん》　**百生**《ひゃくな》**り**　**千生**《せんな》**り**

5音　**青瓢**《あおふくべ》

6音　**青瓢箪**《あおびょうたん》

**ひさご**　三秋　⇨瓢

**苦匏**　くほう　くはう　三秋　⇨瓢

**茘枝**　れいし　仲秋

ウリ科の一年草。蔓性で、実は緑色から熟すと裂ける。

[4音] **苦瓜《にがうり》**

[5音] **蔓茘枝《つるれいし》**

**ゴーヤ**　仲秋　⇨茘枝

**オクラ**　三秋

例　ねとねとと糸ひくおくら青春過ぐ　小澤實

**子芋**　こいも　三秋　⇩芋〔15頁〕

**田芋**　たいも　三秋　⇩芋〔同右〕

**芋茎**　ずいき　仲秋

里芋の茎。

[4音] **芋殻《いもがら》**

[5音] **芋の茎**　**芋茎《ずいき》干す**　**赤芋茎《あかずいき》**　**青芋茎《あおずいき》**　**白芋茎《しろずいき》**

**肥後芋茎《ひごずいき》**

**つくね**　三秋　⇩仏掌薯《つくねいも》〔128頁〕

**牛蒡**　ごぼう　ごばう　三秋

**零余子**　むかご　三秋

自然薯《じねんじょ》〔81頁〕や薯蕷《ながいも》〔同〕の葉の付け根にできる芽。飯に炊き込むなどする。

**ぬかご**　三秋　⇨零余子

**いもこ**　三秋　⇨零余子

**珠芽**　むかぶ　三秋　⇨零余子

**抜菜**　ぬきな　仲秋　⇩間引菜〔81頁〕

**ビーツ**　晩秋　⇩火焔菜《かえんさい》〔128頁〕

**ビート**　晩秋　⇩火焔菜〔同右〕

**赤菜**　あかな　晩秋　⇩火焔菜〔同右〕

**穂紫蘇**　ほじそ　仲秋　⇩紫蘇《しそ》の実〔81頁〕

**さがり**　三秋　⇩唐辛子〔129頁〕

**生姜**　しょうが　しやうが　三秋

[4音] **薑《はじかみ》**　**葉生姜《はしょうが》**

7音 **くれのはじかみ**

**粳**　うるち　三秋　⇩稲〔15頁〕

**稲葉**　いなば　三秋　⇩稲〔同右〕

**初穂**　はつほ　三秋　⇩稲〔同右〕

**稲穂**　いなほ　三秋　⇩稲〔同右〕

**田の実**　たのみ　三秋　⇩稲〔同右〕

**陸稲**　おかぼ　をかぼ　三秋

水田ではなく畑で栽培される稲。

4音 **陸稲《りくとう》**

**中稲**　なかて　晩秋

成熟期が早稲《わせ》と晩稲《おくて》の中間の稲。多くがこれに属す。

**晩稲**　おくて　晩秋

2音 **おく**

6音 **室《むろ》のおしね**

**おしね**　晩秋　⇨晩稲

**落穂**　おちぼ　晩秋

例　ひろうてはもらへぬ落穂かと拾ひ　西野文代

6音 **落穂拾ひ**

**穭／稲孫**　ひつじ　ひつぢ　晩秋

収穫後の稲の切株に出る芽。

4音 **まごいね**

5音 **穭《ひつじ》の穂《ほ》**

**田稗**　たびえ　仲秋　⇩稗《ひえ》〔16頁〕

**蕃薯**　ばんしょ　仲秋　⇩甘薯《さつまいも》〔129頁〕

**甘藷**　かんしょ　仲秋　⇩甘薯〔同右〕

**紅薯**　こうしょ　仲秋　⇩甘薯〔同右〕

**甘蔗**　かんしょ　仲秋　⇩砂《さ》糖黍《とうきび》〔130頁〕

**豇豆**　ささげ　初秋

マメ科の一年生作物。細長い莢《さや》に一六粒の豆ができる。

7音 **十六豇豆《じゅうろくささげ》　十八豇豆《じゅうはちささげ》**

**ささぎ**　初秋　⇨豇豆

**苧の実**　おのみ　をのみ　初秋　⇩麻の実〔83頁〕

**めぐさ**　初秋　⇩薄荷《はっか》の花〔155頁〕

**ホップ**　初秋

アサ科の蔓性多年草。ビール（三夏）の原料。

5音 **ホップ摘む**

6音 **唐花草《からはなそう》**

**千草**　ちぐさ　三秋　⇩秋草《あきくさ》〔83頁〕

**穂草**　ほぐさ　三秋　⇩草の穂〔83頁〕

**小萩**　こはぎ　初秋　⇩萩〔16頁〕

**真萩**　まはぎ　初秋　⇩萩〔同右〕

**野萩**　のはぎ　初秋　⇩萩〔同右〕

**萩見**　はぎみ　初秋　⇩萩〔同右〕

**芒／薄**　すすき　三秋

例 芒よりも先に吹かれてしまひけり　小池康生

例 ひるすぎの小屋を壊せばみなすすき　安井浩司

4音 **芒野《すすきの》**

5音 **むら芒**　**糸芒《いとすすき》**　**はた芒**　**鬼芒《おにすすき》**　**芒原《すすきはら》**　**乱れ草**

**露曽草《つゆそぐさ》**　**縞芒《しますすき》**

6音 **袖波草《そでなみぐさ》**　**頻浪草《しきなみぐさ》**

7音 **一《ひと》むら芒《すすき》**　**鷹《たか》の羽芒《はすすき》**　**一本芒《ひともとすすき》**　**十寸穂《ますほ》の芒《すすき》**　**真《ま》赭《そお》の芒《すすき》**

**尾花**　おばな　をばな　三秋

芒《すすき》の穂のこと。

4音 **穂芒《ほすすき》**

5音 **花すすき**　**薄《すすき》の穂《ほ》**　**初尾花《はつおばな》**　**村尾花《むらおばな》**

6音 **尾花《おばな》が袖《そで》**　**尾花の波**

**萱野**　かやの　三秋　⇩萱《かや》〔16頁〕

**茅／茅萱／白茅**　ちがや　三秋

イネ科の多年草。茅花《つばな》は仲春の季語。

2音 **茅《かや》**

**浅茅**　あさぢ　三秋　⇨茅

**ずずこ**　三秋　⇩数珠玉《じゅずだま》〔85頁〕

**真葛**　まくず　三秋　⇩葛〔17頁〕

**紫蘭**　しらん　初秋　⇩藤袴《ふじばかま》〔133頁〕

**窃衣**　せつい　三秋　⇩藪虱《やぶじらみ》〔133頁〕

**野菊**　のぎく　仲秋

例　夢みて老いて色塗れば野菊である　永田耕衣

4音　**紺菊《こんぎく》**

5音　**野紺菊《のこんぎく》　油菊《あぶらぎく》**

6音　**竜脳菊《りゅうのうぎく》**

7音　**粟黄金菊《あわこがねぎく》**

**嫁菜**　よめな　仲秋　⇨野菊

**桔梗**　ききょう　ききやう　初秋

例　その影の石に折れたる桔梗かな　岸本尚毅

4音　**きちかう**

5音　**をかととき　一重草《ひとえぐさ》　白桔梗《しろききょう》**

6音　**蟻《あり》の火《ひ》吹《ふ》き**

**毛蓼**　けたで　初秋　⇩水引《みずひき》の花〔170頁〕

**穂蓼**　ほたで　初秋　⇩蓼《たで》の花〔135頁〕

**茸／菌**　きのこ　晩秋

例　爛々と昼の星見え菌生え　高浜虚子

2音　**たけ**

4音　**くさびら　猪茸《ししたけ》　楢茸《ならたけ》**

5音　**桜茸《さくらだけ》　天狗茸《てんぐだけ》　煙茸《けむりだけ》　茸番《きのこばん》　茸売《きのこうり》**

6音　**黒皮茸《くろかわたけ》**

**占地／湿地**　しめじ　しめぢ　晩秋

5音　**湿地茸《しめじだけ》　本占地《ほんしめじ》　釈迦占地《しゃかしめじ》　山占地《やましめじ》**

6音　**畑占地《はたけしめじ》**

7音　**千本占地《せんぼんしめじ》**

**霊芝**　れいし　三秋　⇩猿の腰掛〔171頁〕

# 4音の季語

## 4音　時候

**白秋**　はくしゅう　はくしう　三秋　⇩秋〔8頁〕

**白帝**　はくてい　三秋　⇩秋〔同右〕

**高秋**　こうしゅう　かうしう　三秋　⇩秋〔同右〕

**金秋**　きんしゅう　きんしう　三秋　⇩秋〔同右〕

**爽節**　そうせつ　さうせつ　三秋　⇩秋〔同右〕

**三秋**　さんしゅう　さんしう　三秋　⇩秋〔同右〕

**九秋**　きゅうしゅう　きうしう　三秋　⇩秋〔同右〕

**初秋**　はつあき　初秋　⇩初秋《しょしゅう》〔18頁〕

**新秋**　しんしゅう　しんしう　初秋　⇩初秋〔同右〕

**孟秋**　もうしゅう　まうしう　初秋　⇩初秋〔同右〕

**早秋**　そうしゅう　さうしう　初秋　⇩初秋〔同右〕

**秋口**　あきぐち　初秋　⇩初秋〔同右〕

**文月**　ふみづき　初秋

旧暦七月の異称。

3音　**文月《ふづき》**

5音　**秋初月《あきはづき》**　**七夜月《ななよづき》**

6音　**七夕月《たなばたづき》**　**めであひ月**

7音　**文披月《ふみひらきづき》**　**文披月《ふみひろげづき》**　**女郎花月《おみなえしづき》**

**涼月**　りょうげつ　りやうげつ　初秋　⇨文月

**八月**　はちがつ　はちぐわつ　初秋

例　八月は常なる月ぞ耐へしのべ　八田木枯

**立秋**　りっしゅう　りつしう　初秋

八月七日頃。また期間として二十四節気の一つでその日から約一五日間。

例　立秋の肌さらさらと注射受く　阿部みどり女

3音　**秋来《あきく》**

**5音** **秋来《あききた》る　秋に入《い》る　今朝《けさ》の秋　今日《きょう》の秋**

**秋立つ**　あきたつ　初秋　⇨立秋

例　そよりともせいで秋立つことかいの　鬼貫

例　秋たつや何におどろく陰陽師　蕪村

**秋さる**　あきさる　初秋

秋になること。

**秋さり**　あきさり　初秋　⇨秋さる

**秋めく**　あきめく　初秋

例　人知れず秋めくものに切手帳　西原天気

**秋づく**　あきづく　初秋　⇨秋めく

**新涼**　しんりょう　しんりやう　初秋

例　新涼や豆腐驚く唐辛子　前田普羅

**5音** **秋涼し　涼新《りょうあら》た**

**7音** **新たに涼し　初めて涼し**

**秋涼**　しゅうりょう　しうりやう　初秋　⇨新涼

**仲秋／中秋**　ちゅうしゅう　ちゆうしう　仲秋

新暦でおおむね九月。二十四節気の白露から寒露の前日まで。

**5音** **秋なかば**

**萩月**　はぎづき　仲秋　⇩葉月〔18頁〕

**壮月**　そうげつ　さうげつ　仲秋　⇩葉月〔同右〕

**桂月**　けいげつ　仲秋　⇩葉月〔同右〕

**中律**　ちゅうりつ　仲秋　⇩葉月〔同右〕

**難月**　なんげつ　仲秋　⇩葉月〔同右〕

**中商**　ちゅうしょう　ちゆうしやう　仲秋　⇩葉月〔同右〕

**八朔**　はっさく　仲秋

旧暦八月一日のこと。

**秋分**　しゅうぶん　しうぶん　仲秋

二十四節気で九月二三日頃。また、その日から約一五日間。

例　秋分の灯すと暗くなっていし　池田澄子

**晩秋**　ばんしゅう　ばんしう　晩秋

新暦でおおむね一〇月。二十四節気の寒露から立冬の前日まで。

3音 **季秋《きしゅう》**

5音 **末《すえ》の秋**

**晩秋**　おそあき　晩秋　⇨晩秋

**長月**　ながつき　晩秋

旧暦九月の異称。

5音 **紅葉月《もみじづき》**　**寝覚月《ねざめづき》**

6音 **菊咲月《きくさきづき》**　**色どる月**　**稲刈月《いねかりづき》**　**小田刈月《おだかりづき》**

**菊月**　きくづき　晩秋　⇨長月

**玄月**　げんげつ　晩秋　⇨長月

**十月**　じゅうがつ　じふぐわつ　晩秋

例 十月は馬糞のやうにやつてくる　阿部青鞋

**秋暁**　しゅうぎょう　しうげう　三秋

6音 **秋暁《あきあかつき》**

**秋の日**　あきのひ　三秋

秋の一日。また、秋の日差し。

**秋日**　しゅうじつ　しうじつ　三秋　⇨秋の日

**秋朝**　しゅうちょう　しうてう　三秋　⇩秋の朝〔89頁〕

**秋宵**　しゅうしょう　しうせう　三秋　⇩秋の宵〔89頁〕

**秋の夜**　あきのよ　三秋

3音 **秋夜《しゅうや》**

5音 **夜半《よわ》の秋**

**長き夜**　ながきよ　仲秋　⇩夜長〔19頁〕

例 長き夜の蛇口を抜けてきし女　間村俊一

**秋澄む**　あきすむ　三秋

**空澄む**　そらすむ　三秋　⇨秋澄む

**清秋**　せいしゅう　せいしう　三秋　⇨秋澄む

**澄む秋**　すむあき　三秋　⇨秋澄む

**冷やか**　ひややか　仲秋

2音 **冷《ひ》ゆ**

**ひやひや**　仲秋　⇨冷やか

**ひえびえ**　仲秋　⇨冷やか

**下冷**　したびえ　仲秋　⇨冷やか

**秋冷**　しゅうれい　しうれい　仲秋　⇨冷やか

**朝冷**　あさびえ　仲秋　⇨冷やか

**雨冷**　あまびえ　仲秋　⇨冷やか

**爽やか**　さわやか　さはやか　三秋

3音　**爽気《そうき》　さやか**

**秋爽**　しゅうそう　しうさう　三秋　⇨爽やか

**爽涼**　そうりょう　さうりやう　三秋　⇨爽やか

**さやけし**　三秋　⇨爽やか

**爽やぐ**　さわやぐ　さはやぐ　三秋　⇨爽やか

**秋麗**　しゅうれい　しうれい　三秋　⇩秋麗《あきうらら》〔89頁〕

**身に入む／身に沁む**　みにしむ　三秋

**秋寒**　あきさむ　晩秋

5音　**秋寒し　秋小《あきこ》寒《さむ》**

**やや寒／漸寒**　ややさむ　晩秋

**4音**

7音　**漸寒《ようようさむ》し**

**肌寒**　はださむ　晩秋

**はた寒**　はたさむ　晩秋　⇨肌寒

**うそ寒**　うそさむ　晩秋

5音　**うすら寒**

**薄寒**　うすさむ　晩秋　⇨うそ寒

**朝寒**　あさざむ　晩秋

例　朝寒の膝に日当る電車かな　柴田宵曲

5音　**朝寒し　朝寒み**

**宵寒**　よいさむ　よひさむ　晩秋　⇩夜寒《よさむ》〔19頁〕

**夜寒さ**　よさむさ　晩秋　⇩夜寒〔同右〕

**霜降**　そうこう　さうかう　晩秋

二十四節気で一〇月二三日頃。また、その日から約一五日間。

**冷まじ**　すさまじ　晩秋

**秋寂び**　あきさび　晩秋

**秋寂ぶ**　あきさぶ　晩秋　⇨秋寂び

**秋闌く**　あきたく　晩秋　⇩秋深し〔90頁〕

**秋更く**　あきふく　晩秋　⇩秋深し〔同右〕

**深秋**　しんしゅう　しんしう　晩秋　⇩秋深し〔同右〕

**秋暮る**　あきくる　晩秋　⇩暮の秋〔90頁〕

**行く秋／逝く秋**　ゆくあき　晩秋

5音　**秋の果《はて》　残る秋　帰る秋**

6音　**秋に後《おく》る　秋の別れ　秋の名残《なごり》　秋の行方**

7音　**秋ぞ隔《へだた》る**

**秋行く**　あきゆく　晩秋　⇨行く秋

**秋過ぐ**　あきすぐ　晩秋　⇨行く秋

## 4音　天文

**秋の日／秋の陽**　あきのひ　三秋　⇩秋日《あきび》〔19頁〕

**秋晴**　あきばれ　三秋

例　秋晴の押し包みたる部屋暗し　岸本尚毅

5音　**秋の晴《はれ》**

**秋晴る**　あきはる　三秋　⇨秋晴

**秋色**　しゅうしょく　しうしょく　三秋

秋の景色、風光。

例　秋色の東京父として歩く　中山宙虫

6音　**秋の光**

**秋光**　しゅうこう　しうくわう　三秋　⇨秋色

**秋望**　しゅうぼう　しうぼう　三秋　⇨秋色

**秋声**　しゅうせい　しうせい　三秋　⇩秋の声〔91頁〕

**秋空**　あきぞら　三秋　⇩秋の空〔91頁〕

**秋天**　しゅうてん　しうてん　三秋　⇩秋の空〔同右〕

例　秋天に雲一つなき仮病の日　澤田和弥

**旻天**　びんてん　三秋　⇩秋の空〔同右〕

**秋旻**　しゅうびん　しうびん　三秋　⇩秋の空〔同右〕

**秋高**　しゅうこう　しうかう　三秋　⇩天高し〔91頁〕

**秋雲**　あきぐも　三秋　⇩秋の雲〔91頁〕

**秋雲** しゅううん　しううん　三秋　⇩秋の雲〔同右〕

**鯖雲** さばぐも　三秋

**月更く** つきふく　三秋　⇩月〔8頁〕

**遅月** おそづき　三秋　⇩月〔同右〕

**月落つ** つきおつ　三秋　⇩月〔同右〕

**月待ち** つきまち　三秋　⇩月〔同右〕

**薄月** うすづき　三秋　⇩月〔同右〕

**月の輪** つきのわ　三秋　⇩月〔同右〕

**月の出** つきので　三秋　⇩月〔同右〕

**月光** げっこう　げつくわう　三秋　⇩月〔同右〕

例 月光が釘ざらざらと吐き出しぬ　八田木枯

例 月光の脚折れてゐる水面下　米岡隆文

例 致死量の月光兄の蒼全裸《あおはだか》　藤原月彦

例 月光の象番にならぬかといふ　飯島晴子

**月明** げつめい　三秋　⇩月〔同右〕

**月影** つきかげ　三秋　⇩月〔同右〕

**月代／月白** つきしろ　三秋

月が出る頃の東の空のほの明るさ。また、月のこと。

**初月** はつづき　仲秋

旧暦八月初めの新月。

5音 **初月夜《はつづきよ》**

**繊月** せんげつ　仲秋　⇩二日月《ふつかづき》〔92頁〕

**三日月** みかづき　仲秋

旧暦八月三日の新月。

2音 **蛾眉《がび》**

3音 **初魄《しょはく》**

5音 **三日《みか》の月**　**月の眉《まゆ》**

6音 **三日《みつか》の月**　**眉書月《まゆかきづき》**　**三日月眉《みかづきまゆ》**　**月の剣《つるぎ》**

**眉月** まゆづき　仲秋　⇨三日月

**新月** しんげつ　仲秋　⇨三日月

例 巷では新月幻視派で田町　井口吾郎

**若月** じゃくげつ　仲秋　⇨三日月

4音

**弦**　ゆみはり　仲秋　⇩弓張月《ゆみはりづき》〔139頁〕

**弦月**　げんげつ　仲秋　⇩弓張月〔同右〕

**半月**　はんげつ　仲秋　⇩弓張月〔同右〕

**夕月**　ゆうづき　ゆふづき　仲秋　⇩夕月夜《ゆうづくよ》〔92頁〕

**宵月**　よいづき　よひづき　仲秋　⇩夕月夜〔同右〕

**待宵**　まつよい　まつよひ　仲秋

旧暦八月一四日の月。

5音 **小望月**《こもちづき》

6音 **十四夜月**《じゅうしやづき》

7音 **待宵**《まつよい》**の月**

**名月／明月**　めいげつ　仲秋

旧暦八月一五日の満月。

例 名月のわが家を見むと野路へ出づ　林翔

例 名月やしづまりかへる土の色　許六

5音 **今日**《きょう》**の月**　**月今宵**《つきこよい》

6音 **今宵**《こよい》**の月**　**三五**《さんご》**の月**　**芋名月**《いもめいげつ》　**中秋節**《ちゅうしゅうせつ》

**満月**　まんげつ　仲秋　⇨名月

例 満月のなまなまのぼる天の壁　飯田龍太

**望月**　もちづき　仲秋　⇨名月

**望の夜**　もちのよ　仲秋　⇨名月

例 望の夜の人にてのひら魚に鰭　津川絵理子

**三五夜**　さんごや　仲秋　⇨名月

**十五夜**　じゅうごや　じふごや　仲秋　⇨名月

**良宵**　りょうしょう　りやうせう　仲秋　⇩良夜〔20頁〕

**十六夜**　いざよい　いざよひ　仲秋

旧暦八月一六日の月。

3音 **既望**《きぼう》

5音 **十六夜**《じゅうろくや》

6音 **いざよふ月**

7音 **十六夜**《いざよい》**の月**　**十六夜月**《じゅうろくやづき》

**立待**　たちまち　仲秋　⇩立待月《たちまちづき》〔139頁〕

**臥待**　ふしまち　仲秋　⇩臥待月《ふしまちづき》〔139頁〕

**更待**　ふけまち　仲秋　⇩更待月《ふけまちづき》〈140頁〉

**宵闇**　よいやみ　よひやみ　仲秋

月が出る前の夜空の暗さ。

例　宵闇のどこまでを西陣といふ　田中裕明

**有明**　ありあけ　仲秋　⇩有明月《ありあけづき》〈140頁〉

**残月**　ざんげつ　仲秋　⇩有明月〈同右〉

**朝月**　あさづき　仲秋　⇩有明月〈同右〉

**姥月**　うばづき　晩秋　⇩後《のち》の月《つき》〈93頁〉

**ペガサス**　三秋　⇩秋の星〈93頁〉

**銀漢**　ぎんかん　三秋　⇩天の川〈94頁〉

例　銀漢やピアノは黒き帆を立てて　柴田奈美

例　銀漢を荒野のごとく見はるかす　堀本裕樹

**銀浪**　ぎんろう　ぎんらう　三秋　⇩天の川〈同右〉

**雲漢**　うんかん　三秋　⇩天の川〈同右〉

**天漢**　てんかん　三秋　⇩天の川〈同右〉

**銀湾**　ぎんわん　三秋　⇩天の川〈同右〉

**流星**　りゅうせい　りうせい　三秋

例　流星やゲーム画面に地平線　金子敦

5音　**流れ星**　**夜《よ》這星《ばいぼし》**　**星流《ほしなが》る**　**星走《ほしはし》る**

**星飛ぶ**　ほしとぶ　三秋　⇨流星

**秋風**　あきかぜ　三秋

例　秋風や模様のちがふ皿二つ　原石鼎

例　死骸《なきがら》や秋風かよふ鼻の穴　飯田蛇笏

例　秋風やひとさし指は誰の墓　寺山修司

例　卵売る人に秋風吹きにけり　村田篠

例　秋風や蠅の如くにオートバイ　岸本尚毅

5音　**秋の風**　**秋風裡《しゅうふうり》**　**風爽《かぜさや》か**

**秋風**　しゅうふう　しうふう　三秋　⇨秋風

**白風**　はくふう　三秋　⇨秋風

**金風**　きんぷう　三秋　⇨秋風

**爽籟**　そうらい　さうらい　三秋　⇨秋風

**初風**　はつかぜ　初秋　⇩秋の初風〈160頁〉

**秋陰** しゅういん　しういん　三秋　⇩秋曇《あきぐもり》〔95頁〕

**台風／颱風** たいふう　仲秋

例 台風や薬缶に頭蓋ほどの闇　山口優夢

例 颱風の残りの風や歯を磨く　高浜虚子

3音 **颶風《ぐふう》**

5音 **台風裡《たいふうり》　台風禍《たいふうか》**

6音 **台風圏　台風の眼**

7音 **台風一過《たいふういっか》**

**盆東風** ぼんごち　初秋

盆〔10頁〕の頃に吹く東風。

**盆北風** ぼんぎた　初秋

盆〔10頁〕の頃に吹く北風。

**高西風** たかにし　仲秋

強い北西の風。九州や山陰で用いられる呼称。

5音 **土用時化《どようじけ》　籾落《もみおと》し**

**青北風** あおぎた　あをぎた　仲秋

秋の晴天の日に吹く強い北風。

**飛魚北風** あごきた　仲秋　⇨青北風

**しけ寒** しけさむ　三秋　⇩秋湿《あきじめり》〔95頁〕

**秋雨** あきさめ　三秋　⇩秋の雨〔95頁〕

例 秋雨の瓦斯が飛びつく燐寸かな　中村汀女

**秋霖** しゅうりん　しうりん　三秋　⇩秋の雨〔同右〕

例 秋霖や己を摑むロダンの手　津川絵理子

**秋雪** しゅうせつ　しうせつ　晩秋　⇩秋の雪〔95頁〕

**秋雷** しゅうらい　しうらい　初秋　⇩秋の雷〔同右〕

**稲妻** いなずま　いなづま　初秋

例 稲妻やうつかりひよんとした顔へ　一茶

例 西日暮里から稲妻見えている健康　田島健一

5音 **稲光《いなびかり》　稲《いね》の殿《との》　稲《いね》の妻《つま》　稲《いね》の夫《つま》　稲《いな》つるみ　稲《いな》つるび**

**いなたま** 初秋　⇨稲妻

**秋虹** あきにじ　三秋　⇩秋の虹〔96頁〕

**朝霧**　あさぎり　三秋　⇩霧〔9頁〕
**夕霧**　ゆうぎり　ゆふぎり　三秋　⇩霧〔同右〕
**山霧**　やまぎり　三秋　⇩霧〔同右〕
**川霧**　かわぎり　かはぎり　三秋　⇩霧〔同右〕
**薄霧**　うすぎり　三秋　⇩霧〔同右〕
**霧の香**　きりのか　三秋　⇩霧〔同右〕
**霧雨**　きりさめ　三秋　⇩霧〔同右〕
**白露**　しらつゆ　三秋　⇩露〔9頁〕
**朝露**　あさつゆ　三秋　⇩露〔同右〕
**夕露**　ゆうづゆ　ゆふづゆ　三秋　⇩露〔同右〕
**初露**　はつつゆ　三秋　⇩露〔同右〕
**上露**　うわつゆ　うはつゆ　三秋　⇩露〔同右〕
**下露**　したつゆ　三秋　⇩露〔同右〕
**露の世**　つゆのよ　三秋　⇩露〔同右〕
例　露の世のアジアに箸を使ふなる　依光陽子
**露の身**　つゆのみ　三秋　⇩露〔同右〕

**露けし**　つゆけし　三秋　⇩露〔同右〕
**露寒**　つゆさむ　晩秋
露が霜に変わる前の寒さ。
5音　**露寒《つゆさむ》し**
**露冴ゆ**　つゆさゆ　晩秋　⇨露寒
**露霜**　つゆじも　晩秋
露が霜に変わりそうな状態。
**水霜**　みずしも　みづしも　晩秋　⇨露霜
**秋霜**　しゅうそう　しうさう　晩秋　⇩秋の霜〔96頁〕

## 4音　地理

**秋山**　あきやま　三秋　⇩秋の山〔97頁〕
**秋山**　しゅうざん　しうざん　三秋　⇩秋の山〔同右〕
**秋嶺**　しゅうれい　しうれい　三秋　⇩秋の山〔同右〕
**山澄む**　やますむ　三秋　⇩秋の山〔同右〕
**秋の野**　あきのの　三秋

3音　**秋野《あきの》**

5音　**秋の原　野路《のじ》の秋**

**秋郊**　しゅうこう　しうかう　三秋　⇨秋の野

**野の色**　ののいろ　晩秋　⇩野山の色〔141頁〕

**秋園／秋苑**　しゅうえん　しうゑん　三秋　⇩秋の園〔97頁〕

**花園**　はなぞの　三秋　⇩花畑《はなばたけ》〔97頁〕

**秋の田**　あきのた　仲秋

3音　**稲田《いなだ》　早稲田《わせだ》　山田《やまだ》**

5音　**田色《たいろ》づく**

**晩稲田**　おくてだ　仲秋　⇨秋の田

**稲熱田**　いもちだ　仲秋　⇨秋の田

**稔り田**　みのりだ　仲秋　⇨秋の田

**田の色**　たのいろ　仲秋　⇨秋の田

**穭田**　ひつじだ　ひつぢだ　晩秋

収穫後の稲の切株から新しい茎が出揃った田。

**秋水**　しゅうすい　しうすい　仲秋　⇩秋の水〔97頁〕

**水澄む**　みずすむ　みづすむ　三秋

**秋川**　あきかわ　あきかは　三秋　⇩秋の川〔97頁〕

**秋江**　しゅうこう　しうかう　三秋　⇩秋の川〔同右〕

**秋潮**　しゅうちょう　しうてう　三秋　⇩秋の潮〔98頁〕

**秋潮**　あきしお　あきしほ　三秋　⇩秋の潮〔同右〕

**初潮／初汐**　はつしお　はつしほ　仲秋

5音　**葉《は》月潮《づきじお》　望《もち》の潮《しお》**

7音　**秋の大潮《おおしお》**

**高潮**　たかしお　たかしほ　仲秋

台風の接近などによる高波。

5音　**風《かぜ》津《つ》波《なみ》**

6音　**暴雨《ぼうう》津《つ》波《なみ》**

**秋濤**　しゅうとう　しうたう　三秋　⇩秋の波〔98頁〕

**盆波**　ぼんなみ　初秋

盆〔10頁〕の頃の高波。

**盆荒**　ぼんあれ　初秋　⇨盆波

**秋汀**　しゅうてい　しうてい　三秋　⇩秋の浜〔98頁〕

**不知火**　しらぬい　しらぬひ　仲秋

旧暦八月一日頃、九州の有明海《ありあけかい》と八代海《やつしろかい》で見られる多数の火の明滅。

**竜灯**　りゅうとう　仲秋　⇨不知火

## 4音　生活

**早稲酒**　わせざけ　晩秋　⇩新酒〔21頁〕

**利酒**　ききざけ　晩秋　⇩新酒〔同右〕

**どぶろく**　仲秋　⇩濁り酒〔98頁〕

**どびろく**　仲秋　⇩濁り酒〔同右〕

**中汲**　なかぐみ　仲秋　⇩濁り酒〔同右〕

**猿酒**　さるざけ　三秋

猿が蓄えておいた木の実が発酵して出来た酒。

5音　**ましら酒**

**古酒**　ふるざけ　晩秋　⇩古酒《こしゅ》〔9頁〕

**新米**　しんまい　三秋

例　新米の其一粒の光かな　高浜虚子

5音　**今年米**《ことしまい》　**早稲**《わせ》**の飯**《めし》

**焼米**　やきごめ　初秋

5音　**糒米**《ひらいごめ》

**焼米**　やいごめ　初秋　⇨焼米

**枝豆**　えだまめ　三秋

例　なりはひの枝豆茹でて不況なり　鈴木真砂女

5音　**月見豆**《つきみまめ》　**だだちゃ豆**

**栗飯**　くりめし　晩秋

5音　**栗おこは**　**栗ごはん**

**とんぶり**　仲秋

帚木《ははきぎ》（晩夏）の実を乾燥させ煮たもの。

**橡餅**　とちもち　晩秋

橡の実〔76頁〕と米で作った餅。

5音　**橡**《とち》**の餅**《もち》　**橡団子**《とちだんご》

**橡麺**　とちめん　晩秋　⇨橡餅

**橡粥**　とちがゆ　晩秋　⇨橡餅

**柚子味噌**　ゆずみそ　晩秋　⇩柚味噌《ゆみそ》〔22頁〕

**柚子釜**　ゆずがま　晩秋　⇩柚味噌〔同右〕

**干柿**　ほしがき　晩秋

5音　**吊《つる》し柿《がき》　柿吊《かきつる》す**

**釣柿**　つりがき　晩秋　⇨干柿

**甘干**　あまぼし　晩秋　⇨干柿

**枯露柿**　ころがき　晩秋　⇨干柿

**柿干す**　かきほす　晩秋　⇨干柿

**串柿**　くしがき　晩秋　⇨干柿

縄ではなく竹串に刺して乾燥させる柿。

**鰤**　はららご　仲秋

産卵前の鮭の卵。

3音　**はらら　筋子《すじこ》　すずこ　甘子《あまこ》　はらこ　いくら**

**とと豆**　ととまめ　仲秋　⇨鰤

**鮭の子**　さけのこ　仲秋　⇨鰤

**子うるか**　こうるか　晩秋　⇩鱁鮧《うるか》〔22頁〕

**鱲子**　からすみ　晩秋

鯔《ぼら》の卵巣を塩漬けにし乾燥させたもの。

**薯汁**　いもじる　晩秋　⇩薯蕷汁《とろろじる》〔100頁〕

**薯粥**　いもがゆ　晩秋　⇩薯蕷汁〔同右〕

**麦とろ**　むぎとろ　晩秋　⇩薯蕷汁〔同右〕

**蕎麦とろ**　そばとろ　晩秋　⇩薯蕷汁〔同右〕

**新蕎麦**　しんそば　晩秋

5音　**走り蕎麦**

**秋蕎麦**　あきそば　晩秋　⇨新蕎麦

**初蕎麦**　はつそば　晩秋　⇨新蕎麦

**秋の灯**　あきのひ　三秋

5音　**秋ともし**

**秋灯**　しゅうとう　しうとう　三秋　⇨秋の灯

**秋の戸**　あきのと　三秋　⇩秋の宿〔100頁〕

**秋蚊帳**　あきがや　三秋　⇩秋の蚊帳《かや》〔100頁〕

**秋扇**　しゅうせん　しうせん　初秋　⇩秋扇《あきおうぎ》〔100頁〕

**火恋し**　ひこいし　ひこひし　晩秋

気温が低くなって火を欲する情感。実作では「火」の後に一拍入り5音に扱われることが多い。

例 火恋しわが靴音をわが聞けば　佐々木六戈

**秋の炉**　あきのろ　晩秋

3音 **秋炉《しゅうろ》**

**秋耕**　しゅうこう　しうかう　三秋

5音 **秋起《あきおこ》し**

**鳴竿**　なるさお　なるさを　三秋　⇩鳴子《なるこ》〔23頁〕

**引板**　ひきいた　三秋　⇩鳴子〔同右〕

**鳴子田**　なるこだ　三秋　⇩鳴子〔同右〕

**小田守る**　おだもる　三秋　⇩田守《たもり》〔23頁〕

**稲番**　いなばん　三秋　⇩田守〔同右〕

**田の庵**　たのいお　たのいほ　三秋　⇩田守〔同右〕

**稲小屋**　いねごや　三秋　⇩田守〔同右〕

**虫追**　むしおい　むしおひ　仲秋　⇩虫送り〔101頁〕

**鹿垣**　ししがき　三秋

田畑への害獣の侵入を防ぐための網や柵。

3音 **猪垣《いがき》**

**猪垣**　ししがき　三秋　⇨鹿垣

**鹿小屋**　ししごや　三秋　⇨鹿垣

**稲刈**　いねかり　仲秋

例 稲刈や時計代りの列車過ぎ　広渡敬雄

3音 **田刈《たか》る**　**夜刈《よがり》**

5音 **陸稲刈《おかぼか》る**　**鎌はじめ**　**中稲刈《なかてか》る**　**晩稲刈《おくてか》る**　**稲《いな》車《ぐるま》**　**秋田刈《あきたか》る**　**稲刈機《いねかりき》**

6音 **稲刈鎌《いねかりがま》**

**稲刈る**　いねかる　仲秋　⇨稲刈

**夜田刈**　よだかり　仲秋　⇨稲刈

**早稲刈る**　わせかる　仲秋　⇨稲刈

**稲舟**　いなぶね　仲秋　⇨稲刈

**刈稲**　かりいね　仲秋　⇨稲刈

**稲束**　いなづか　仲秋　⇨稲刈

**小田刈る**　おだかる　仲秋　⇨稲刈

**収穫**　しゅうかく　しうくわく　仲秋　⇨稲刈

**稲干す**　いねほす　仲秋

**稲掛／稲架**　いねがけ　仲秋　⇨稲干す

**掛稲／架稲**　かけいね　仲秋　⇨稲干す

例 掛稲のすぐそこにある湯呑かな　波多野爽波

**稲塚**　いねづか　仲秋　⇨稲干す

**稲叢**　いなむら　仲秋　⇨稲干す

**稲堆**　いなにお　いなにほ　仲秋　⇨稲干す

**稲垣**　いながき　仲秋　⇨稲干す

**干稲**　ほしいね　仲秋　⇨稲干す

**稲扱**　いねこき　仲秋

稲穂から籾を取る作業。

5音 **脱穀機**《だつこくき》　**稲扱機**《いねこきき》　**稲埃**《いなぼこり》

7音 **稲扱筵**《いねこきむしろ》

**稲打**　いねうち　仲秋　⇨稲扱

**脱穀**　だっこく　仲秋　⇨稲扱

**籾干す**　もみほす　仲秋　⇩籾《もみ》〔10頁〕

**籾殻**　もみがら　仲秋　⇩籾〔同右〕

**籾摺／籾磨**　もみすり　仲秋　⇩籾〔同右〕

**秋揚げ**　あきあげ　仲秋　⇩秋収《あきおさめ》〔102頁〕

**田仕舞**　たじまい　たじまひ　仲秋　⇩秋収〔同右〕

**豊年**　ほうねん　仲秋

例 豊年や切手をのせて舌甘し　秋元不死男

5音 **豊**《とよ》**の秋**

**出来秋**　できあき　仲秋　⇨豊年

**豊作**　ほうさく　仲秋　⇨豊年

**凶作**　きょうさく　仲秋

**凶年**　きょうねん　仲秋　⇨凶作

**新藁**　しんわら　仲秋
5音　**今年藁**《ことしわら》　**藁砧**《わらきぬた》
6音　**藁打石**《わらうちいし》

**藁塚**　わらづか　仲秋　⇨新藁
新藁を円筒形に積み上げたもの。

**蕎麦刈り**　そばかり　晩秋

**蕎麦干す**　そばほす　晩秋　⇨蕎麦刈り

**夜仕事**　よしごと　晩秋　⇩夜なべ〔24頁〕

**綿取**　わたとり　三秋
綿花の摘み取り。
5音　**綿車**《わたぐるま》
6音　**綿打弓**《わたうちゆみ》

**綿取る**　わたとる　三秋　⇨綿取

**綿摘**　わたつみ　三秋　⇨綿取

**綿干す**　わたほす　三秋　⇨綿取

**綿繰**　わたくり　三秋　⇨綿取

**綿打**　わたうち　三秋　⇨綿取

**綿弓**　わたゆみ　三秋　⇨綿取

**新綿**　しんわた　晩秋
収穫したばかりの綿。
5音　**今年綿**《ことしわた》

**新綿**　にいわた　にひわた　晩秋　⇨新綿

**新絹**　しんぎぬ　三秋
その年の繭からとれた絹。
5音　**今年絹**《ことしぎぬ》

**新機**　しんばた　三秋　⇨新絹

**竹伐る**　たけきる　仲秋

**種採**　たねとり　晩秋
花の終わった草花の種を採取すること。

**秋蒔**　あきまき　三秋
次の年の春から夏の収穫に向けて菜種、大根、豆類などの種を蒔くこと。

5音 菜種蒔《なたねま》く　紫雲英蒔《げんげま》く

6音 大根蒔《だいこんま》く　芥菜蒔《からしなま》く　蚕豆蒔《そらまめま》く　豌豆蒔《えんどうま》く

**罌粟蒔く**　けしまく　三秋　⇨秋蒔

**豆引く**　まめひく　仲秋

5音 大豆引《だいずひ》く　小豆引《あずきひ》く

**豆干す**　まめほす　仲秋

5音 豆叩《まめたた》く　大豆干《だいずほ》す　大豆打《だいずう》つ　小豆干《あずきほ》す　小豆《あずき》打《う》つ　豆筵《まめむしろ》

**豆打つ**　まめうつ　仲秋　⇨豆干す

**豆殻**　まめがら　仲秋　⇨豆干す

**豆稲架**　まめはざ　仲秋　⇨豆干す

**胡麻刈る**　ごまかる　仲秋

5音 胡麻叩《ごまたた》く　胡麻筵《ごまむしろ》

**胡麻干す**　ごまほす　仲秋　⇨胡麻刈る

**胡麻打つ**　ごまうつ　仲秋　⇨胡麻刈る

**胡麻殻**　ごまがら　仲秋　⇨胡麻刈る

**萱刈る**　かやかる　仲秋

**萱葺く**　かやふく　仲秋　⇨萱刈る

**萩刈る**　はぎかる　晩秋

例 萩刈つて土中に岩の深さかな　岸本尚毅

**萩刈**　はぎかり　晩秋　⇨萩刈る

5音 萩括《はぎくく》る

**蘆刈る**　あしかる　晩秋

**蘆刈**　あしかり　晩秋　⇨蘆刈る

**蘆舟**　あしぶね　晩秋　⇨蘆刈る

**ひるてん**　晩秋　⇩小鳥狩《ことりがり》〔104頁〕

**媒鳥**　ばいちょう　ばいてう　晩秋　⇩囮《おとり》〔24頁〕

**鳩吹**　はとふき　初秋

両掌を合わせて息を吹き、鳩の鳴き声に似せた音を出すこと。

**鳩吹く**　はとふく　初秋　⇨鳩吹

**鳩笛**　はとぶえ　初秋　⇨鳩吹

**鮭打**　さけうち　晩秋

産卵のために川を遡ってきた鮭が浅瀬にいるところを棒などで叩いて獲ること。

**鮭小屋**　さけごや　晩秋　⇨鮭打

5音　**鮭番屋**《さけばんや》

**鮭番**　さけばん　晩秋　⇨鮭打

**鮭梁**　さけやな　晩秋　⇨鮭打

**鮭網**　さけあみ　晩秋　⇨鮭打

**鮭漁**　さけりょう　さけれふ　晩秋　⇨鮭打

**岸釣**　きしづり　仲秋　⇩根釣《ねづり》〔24頁〕

**関取**　せきとり　初秋　⇩相撲〔24頁〕

**夜相撲**　よずもう　よずまふ　初秋　⇩相撲〔同右〕

**秋場所**　あきばしょ　仲秋

5音　**九月場所**《くがつばしょ》

**観月**　かんげつ　くわんげつ　仲秋　⇩月見〔25頁〕

**月の座**　つきのざ　仲秋　⇩月見〔同右〕

**海贏独楽**　ばいごま　晩秋　⇩海贏廻《ばいまわ》し〔105頁〕

**べい独楽**　べいごま　晩秋　⇩海贏廻し〔同右〕

**海贏打ち**　ばいうち　晩秋　⇩海贏廻し〔同右〕

**菊展**　きくてん　晩秋　⇩菊花展〔105頁〕

**虫売**　むしうり　三秋

例　虫売りの子供好きでもなささうな　仁平勝

**虫籠**　むしかご　三秋

3音　**虫屋**

**茸狩**　たけがり　晩秋

5音　**茸狩**《きのこがり》　**茸取**《きのこと》**り**　**茸籠**　**茸山**

6音　**松茸狩**《まつたけがり》

**茸山**　たけやま　晩秋　⇨茸狩

**干茸**　ほしたけ　晩秋

6音　**干椎茸**《ほししいたけ》　**椎茸干す**

**紅葉見**　もみじみ　もみぢみ　晩秋　⇩紅葉狩《もみじがり》〔105頁〕

**観楓**　かんぷう　くわんぷう　晩秋　⇩紅葉狩〔同右〕

**秋興**　しゅうきょう　しうきよう　三秋

秋の風物がもたらす感興。

**雁瘡**　がんがさ　晩秋

雁《かり》が渡ってくる頃に始まる痒《かゆ》み。

**雁瘡**　がんそう　がんさう　晩秋　⇨雁瘡

**二学期**　にがっき　にがくき　初秋　⇩休暇明〔106頁〕

**夜学子**　やがくし　三秋　⇩夜学〔25頁〕

**秋懐**　しゅうかい　しうくわい　三秋　⇩秋思〔25頁〕

**傷秋**　しょうしゅう　しやうしう　三秋　⇩秋思〔同右〕

**秋容**　しゅうよう　しうよう　三秋　⇩秋思〔同右〕

## 4音　行事

**重陽**　ちょうよう　ちようやう　晩秋

旧暦九月九日。

5音　**今日《きょう》の菊**　**三九日《さんくにち》**

6音　**菊の節句**　**菊の宴《うたげ》**　**栗《くり》の節句**

8音　**九日《ここのか》の節句**　**刈上《かりあげ》の節供**

**重九**　ちょうきゅう　ちようきう　晩秋　⇨重陽

**菊の日**　きくのひ　晩秋　⇨重陽

例　菊の日や水すいと引く砂の中　宇佐見魚目

**三九日**　みくにち　晩秋　⇨重陽

**菊酒**　きくざけ　晩秋

菊の花弁を浮かべる酒。重陽に飲む習わし。

5音　**菊の酒**

6音　**菊花《きっか》の酒**

**登高**　とうこう　とうかう　晩秋　⇩高きに登る〔162頁〕

**おくんち**　晩秋

旧暦九月九日。

3音　**くんち**

**御九日**　おくにち　晩秋　⇨御九日

**国体**　こくたい　晩秋　⇩国民体育大会〔182頁〕

**七夕／棚機**　たなばた　初秋

5音 **星祭《ほしまつり》　星祭る　星祝《ほしいわい》　星の秋　秋七日《あきなぬか》　星今宵《ほしこよい》**
**乞巧奠《きこうでん》**
6音 **星の手向《たむ》け　七夕棚《たなばただな》　七夕竹《たなばたたけ》**
7音 **七夕祭《たなばたまつり》　七夕送《たなばたおく》り　七夕流《たなばたなが》し**
8音 **星宮祭《ほしのみやまつり》**

**星合**　ほしあい　ほしあひ　初秋
牽牛《けんぎゅう》〔59頁〕と織女《しょくじょ》〔25頁〕が一年に一度、七夕の夜に会うという伝説。
例 星合の宿のはじめは寝圧しかな　加藤郁乎
5音 **星迎《ほしむかえ》　星逢《ほしあ》ふ夜《よ》　星の恋　別れ星　星の閨《ねや》**
6音 **星の契《ちぎり》　星の妹背《いもせ》　星の別れ　七宝枕《しっぽうちん》**

**牽牛**　けんぎゅう　けんぎう　初秋
鷲座のアルタイル。
3音 **男星《おぼし》**
6音 **牛引き星　犬飼星《いぬかいぼし》**

**彦星**　ひこぼし　初秋　⇨牽牛

**妻星**　つまぼし　初秋　⇩織女《しょくじょ》〔25頁〕

**織姫**　おりひめ　初秋　⇩織女〔同右〕

**七姫**　ななひめ　初秋
織女《しょくじょ》〔25頁〕の七つの異名。
5音 **百子姫《ももこひめ》**
6音 **秋去姫《あきさりひめ》　薫物姫《たきものひめ》　細蟹姫《ささがにひめ》　糸織姫《いとおりひめ》　朝顔姫《あさがおひめ》　梶《かじ》の葉《は》姫**
8音 **七夕七姫《たなばたななひめ》**

**竿灯**　かんとう　初秋　⇩佞武多《ねぶた》〔26頁〕
多数の提灯を下げた竹竿。佞武多に用いる。

**盂蘭盆**　うらぼん　初秋　⇩盆〔10頁〕

**旧盆**　きゅうぼん　きうぼん　初秋　⇩盆〔同右〕

**新盆**　にいぼん　初秋　⇩盆〔同右〕

**初盆**　はつぼん　初秋　⇩盆〔同右〕

**盆棚**　ぼんだな　初秋　⇩魂祭《たままつり》〔107頁〕

**魂棚／霊棚**　たまだな　初秋　⇩魂祭〔同右〕

**棚経**　たなぎょう　たなぎやう　初秋　⇩魂祭〔同右〕

**苧殻火**　おがらび　をがらび　初秋　⇩門火《かどび》〔26頁〕

**迎火**　むかえび　むかへび　初秋
盆〔10頁〕の初日に祖霊を迎える火。
5音　**魂迎**《たまむかえ》

**掃苔**　そうたい　さうたい　初秋　⇩墓参《はかまいり》〔108頁〕
例　掃苔やひとかたまりに古き墓　高野素十

**施餓鬼会**　せがきえ　せがきゑ　初秋　⇩施餓鬼《せがき》〔26頁〕

**お施餓鬼**　おせがき　初秋　⇩施餓鬼〔同右〕

**流灯**　りゅうとう　りうとう　初秋　⇩灯籠流《とうろうながし》〔162頁〕

**送火**　おくりび　初秋
盆〔10頁〕の最終日に祖霊を送るために焚く火。
5音　**魂送**《たまおくり》

**地蔵会**　じぞうえ　ぢざうゑ　初秋　⇩地蔵盆〔108頁〕

**草市**　くさいち　初秋
盆〔10頁〕の前日あたりに灯籠や苧殻《おがら》〔26頁〕など盆の行事に必要なものを売る市。
例　草市の残りしものに雨の粒　飴山實
5音　**草の市**　**盆の市**　**真菰売**《まこもうり》
6音　**手向**《たむけ》**の市**　**蓮**《はす》**の葉売**《はうり》　**芋殻売**《いもがらうり》　**灯籠売**《とうろううり》

**盆市**　ぼんいち　初秋　⇨草市

**灯籠**　とうろう　初秋
盆〔10頁〕に祖霊を迎える灯籠。
6音　**盆灯籠**《ぼんどうろう》

**七日日**　なぬかび　初秋　⇩七日盆《なぬかぼん》〔109頁〕

**盆花**　ぼんばな　初秋
6音　**精霊花**《しょうりょうばな》

**中元**　ちゅうげん　初秋
5音　**お中元**　**盆見舞**《ぼんみまい》

**盆礼**　ぼんれい　初秋　⇨中元

**踊場**　おどりば　をどりば　初秋　⇩踊〔26頁〕

**踊子**　おどりこ　をどりこ　初秋　⇩踊〔同右〕

**踊見**　おどりみ　をどりみ　初秋　⇩踊〈同右〉

**盆唄**　ぼんうた　初秋　⇩踊〈同右〉

**地芝居**　じしばい　ぢしばゐ　晩秋

収穫の後に集まり歌舞伎の演目を披露すること。

5音　**地狂言《じきょうげん》**　**村芝居《むらしばい》**　**村歌舞伎《むらかぶき》**

6音　**田舎芝居《いなかしばい》**

**地歌舞伎**　じかぶき　ぢかぶき　晩秋　⇨地芝居

**二科展**　にかてん　にくわてん　三秋　⇩美術展覧会〈178頁〉

**院展**　いんてん　ゐんてん　三秋　⇩美術展覧会〈同右〉

**日展**　にってん　三秋　⇩美術展覧会〈同右〉

**六斎**　ろくさい　初秋　⇩六斎念仏《ろくさいねんぶつ》〈174頁〉

**六讃**　ろくさん　初秋　⇩六斎念仏〈同右〉

**槇売**　まきうり　初秋　⇩六道参《ろくどうまいり》〈163頁〉

六道参に使う高野《こうや》槇《まき》を売る店。

**火祭**　ひまつり　初秋　⇩吉田火祭〈163頁〉

**ハロウィン**　晩秋

一〇月三一日、古代ケルトの豊穣を祝う行事が起源。

5音　**ハロウィーン**

6音　**万霊節《ばんれいせつ》**

**国男忌**　くにおき　くにをき　初秋

八月八日。民俗学者、柳田国男（一八七五～一九六二）の忌日。

5音　**柳叟忌《りゅうそうき》**

**水巴忌**　すいはき　初秋

八月一三日。俳人、渡辺水巴（一八八二～一九四六）の忌日。

5音　**白日忌《はくじつき》**

**林火忌**　りんかき　りんくわき　初秋

八月二一日。俳人、大野林火（一九〇四～八二）の忌日。

**耕衣忌**　こういき　かういき　初秋

八月二五日。俳人、永田耕衣（一九〇〇～九七）の忌日。

**夜半忌**　やはんき　初秋

八月二九日。俳人、後藤夜半（一八九五〜一九七六）の忌日。

### 5音 底紅忌《そこべにき》

**夢二忌**　ゆめじき　初秋
九月一日。画家・詩人、竹久夢二（一八八四〜一九三四）の忌日。

**花野忌**　はなのき　初秋　⇨夢二忌

**木歩忌**　もっぽき　初秋
九月一日。俳人、富田木歩（一八九七〜一九二三）の忌日。

**信夫忌**　しのぶき　初秋　⇩迢空忌〔110頁〕

**綾子忌**　あやこき　初秋
九月六日。俳人、細見綾子（一九〇七〜九七）の忌日。

**鏡花忌**　きょうかき　きやうくわき　初秋
九月七日。小説家、泉鏡花（一八七三〜一九三九）の忌日。

**鬼城忌**　きじょうき　きじやうき　仲秋
九月一七日。俳人、村上鬼城（一八六五〜一九三八）の忌日。

**露月忌**　ろげつき　仲秋
九月一八日。俳人、石井露月（一八七三〜一九二八）の忌日。

### 5音 山人忌《さんじんき》

**南瓜忌**　かぼちゃき　仲秋　⇨露月忌

**糸瓜忌**　へちまき　仲秋　⇩子規忌〔27頁〕

**汀女忌**　ていじょき　ていぢょき　仲秋
九月二〇日。俳人、中村汀女（一九〇〇〜八八）の忌日。

**賢治忌**　けんじき　けんぢき　仲秋
九月二一日。詩人・童話作家、宮沢賢治（一八九六〜一九三三）の忌日。

**かな女忌**　かなじょき　かなぢょき　仲秋
九月二二日。俳人、長谷川かな女（一八八七〜一九六九）の忌日。

### 5音 竜胆忌《りんどうき》

**秀野忌**　ひでのき　仲秋
九月二六日。俳人、石橋秀野（一九〇九～四七）の忌日。

**蛇笏忌**　だこつき　仲秋
一〇月三日。俳人、飯田蛇笏（一八八五～一九六二）の忌日。

**山廬忌**　さんろき　仲秋　⇨蛇笏忌

**素十忌**　すじゅうき　すじふき　仲秋
一〇月四日。俳人、高野素十（一八九三～一九七六）の忌日。

5音 **金風忌**《きんぷうき》

**素逝忌**　そせいき　晩秋
一〇月一〇日。俳人、長谷川素逝（一九〇七～四六）の忌日。

**耕畝忌**　こうほき　かうほき　晩秋　⇩山頭火忌〔147頁〕

**中也忌**　ちゅうやき　晩秋
一〇月二二日。詩人、中原中也（一九〇七～三七）の忌日。

**年尾忌**　としおき　としをき　晩秋
一〇月二六日。俳人、高浜年尾（一九〇〇～七九）の忌日。

**応挙忌**　おうきょき　初秋
旧暦七月一七日。絵師、円山応挙（一七三三～一七九五）の忌日。

**宗祇忌**　そうぎき　初秋
旧暦七月三〇日。連歌師、飯尾宗祇（一四二一～一五〇二）の忌日。

**世阿弥忌**　ぜあみき　仲秋
旧暦八月八日。猿楽師、世阿弥（一三六三～一四四三）の忌日。

**太祇忌**　たいぎき　仲秋
旧暦八月九日。俳人、炭太祇《たんたいぎ》（一七〇九～七一）の忌日。

5音 **不夜庵忌**《ふやあんき》

**素堂忌**　そどうき　そだうき　仲秋
旧暦八月一五日。俳人、山口素堂（一六四二～一七一六）

の忌日。

**定家忌**　ていかき　仲秋
旧暦八月二〇日。歌人、藤原定家（一一六二〜一二四一）の忌日。

**遊行忌**　ゆぎょうき　ゆぎやうき　仲秋
旧暦八月二三日。時宗の開祖、一遍上人（一二三四〜八九）の忌日。

**許六忌**　きょりくき　仲秋
旧暦八月二六日。俳人、森川許六（一六五六〜一七一五）の忌日。

**蓼太忌**　りょうたき　れうたき　晩秋
旧暦九月七日。俳人、大島蓼太（一七一八〜八七）の忌日。

**千代尼忌**　ちよにき　晩秋
旧暦九月八日。俳人、加賀千代女（一七〇三〜七五）の忌日。

**素園忌**　そえんき　そゑんき　晩秋　⇨千代尼忌

**去来忌**　きょらいき　晩秋
旧暦九月一〇日。俳人、向井去来（一六五一〜一七〇四）の忌日。

**白雄忌**　しらおき　しらをき　晩秋
旧暦九月一三日。俳人、加舎《かや》白雄（一七三八〜九一）の忌日。

**夢窓忌**　むそうき　むさうき　晩秋
旧暦九月三〇日。臨済宗の僧、夢窓疎石（一二七五〜一三五一）の忌日。

**疎石忌**　そせきき　晩秋　⇨夢窓忌

## 4音　動物

**かのしし**　かのしし　三秋　⇩鹿〔10頁〕

**小牡鹿**　さおしか　さをしか　三秋　⇩鹿〔同右〕

**鹿鳴く**　しかなく　三秋　⇩鹿〔同右〕

**猪**　いのしし　ゐのしし　晩秋

2音 猪《しし》

5音 山鯨《やまくじら》

**瓜坊** うりぼう うりぼう 晩秋 ⇨猪

**猪穽** ししあな 晩秋 ⇨猪

**猪肉** ししにく 晩秋 ⇨猪

**猪番** ししばん 晩秋 ⇨猪

**猪罠** ししわな 晩秋 ⇨猪

**馬肥ゆ** うまこゆ 三秋

5音 **秋の馬** **秋の駒《こま》**

**栗棚** くりだな 晩秋 ⇩熊栗架《くまくりだな》を掻《か》く〔178頁〕

**箸鷹** はしたか 初秋 ⇩鷹《たか》の塒出《とやで》〔147頁〕

**片鳥屋** かたとや 初秋 ⇩鷹の塒出〔同右〕

**両鳥屋** もろとや 初秋 ⇩鷹の塒出〔同右〕

**荒鷹** あらたか 初秋

狩の訓練をする前の鷹。

7音 **網掛《あみがけ》の鷹**

**鶻／鷂** はいたか 三秋 ⇩小鷹《こたか》〔27頁〕

**鶻／鷂** はしたか 三秋 ⇩小鷹〔同右〕

**悦哉** えっさい 三秋 ⇩小鷹〔同右〕

**坂鳥** さかどり 晩秋

北から渡ってきた鳥が山を越えること。

**色鳥** いろどり 晩秋

秋の小鳥のこと。

**秋燕** しゅうえん しうえん 仲秋 ⇩燕帰る〔148頁〕

**初百舌鳥** はつもず 三秋 ⇩鵙《もず》〔10頁〕

**稚児鵙** ちごもず 三秋 ⇩鵙〔同右〕

**赤鵙** あかもず 三秋 ⇩鵙〔同右〕

**白腹** しろはら 晩秋 ⇩鶫《つぐみ》〔27頁〕

**鵯／白頭鳥** ひよどり 晩秋

ヒヨドリ科の鳥。体長約二七センチ。

2音 **鵯《ひよ》**

**ひえどり** 晩秋 ⇨鵯

**橿鳥／樫鳥**　かしどり　三秋　⇩懸巣《かけす》〔28頁〕

**紅鶸**　べにひわ　べにひは　晩秋　⇩鶸《ひわ》〔11頁〕

**金雀**　きんじゃく　晩秋　⇩鶸〔同右〕

**連雀**　れんじゃく　晩秋

レンジャク科の鳥。体長約二〇センチ。緋連雀と黄連雀はそれぞれ尾羽が緋色と黄色。

5音　**緋連雀《ひれんじやく》**　**黄連雀《きれんじやく》**

**寄生鳥**　ほやどり　晩秋　⇨連雀

連雀《れんじやく》の別名。寄生木《やどりぎ》を好むことから。

**馬鹿つちよ**　ばかっちょ　晩秋　⇩鶲《ひたき》〔28頁〕

**鶺鴒**　せきれい　三秋

セキレイ科の鳥の総称。よく目にするのは黄鶺鴒、白鶺鴒、日本固有種の背黒鶺鴒。

5音　**石叩《いしたたき》**　**庭叩《にわたたき》**　**嫁鳥《とつぎどり》**　**妹背《いもせ》鳥《どり》**　**黄《き》鶺鴒《せきれい》**

6音　**白鶺鴒《はくせきれい》**　**にはくなぶり**

7音　**恋教鳥《こいおしえどり》**　**背《せ》黒鶺鴒《ぐろせきれい》**　**石見《いわみ》鶺鴒《せきれい》**

8音　**嫁教鳥《とつぎおしえどり》**　**薄墨鶺鴒《うすずみせきれい》**　**爪長鶺鴒《つめながせきれい》**

**田雲雀／田鷚**　たひばり　仲秋・晩秋

セキレイ科の鳥。体長約一六センチ。

5音　**畦雲雀《あぜひばり》**　**溝雲雀《みぞひばり》**　**土雲雀《つちひばり》**　**川雲雀《かわひばり》**　**犬雲雀《いぬひばり》**

**椋鳥**　むくどり　三秋

ムクドリ科の鳥。体長約二四センチ。全体に茶褐色で嘴が黄色。

2音　**椋《むく》**

5音　**小椋鳥《こむくどり》**

6音　**白頭翁《はくとうおう》**

**鵲**　かささぎ　三秋

カラス科の鳥。全体に黒く、腹が白。

2音　**鵲《かち》**

3音　**烏鵲《うじやく》**

5音　**唐鴉《とうがらす》**　**勝鴉《かちがらす》**

6音　**築後鴉《ちくごがらす》**　**肥前鴉《ひぜんがらす》**

**[7音] 高麗鴉《こうらいがらす》　朝鮮鴉《ちょうせんがらす》**

**鶉斑**　うずらふ　うづらふ　三秋　⇩鶉《うずら》〔28頁〕

**鶉野**　うずらの　うづらの　三秋　⇩鶉〔同右〕

**啄木鳥／木突**　きつつき　三秋

キツツキ科の鳥の総称。木にいる虫が主食。

(例) きつつきや缶のかたちのコンビーフ　藤田哲史

**[2音] けら**

**[3音] 小げら**

**[5音] けらつつき　番匠鳥《たくみどり》　三趾《みゆび》げら**

**赤げら**　あかげら　三秋　⇨啄木鳥

**青げら**　あおげら　あをげら　三秋　⇨啄木鳥

**山げら**　やまげら　三秋　⇨啄木鳥

**熊げら**　くまげら　三秋　⇨啄木鳥

**蟻吸**　ありすい　ありすひ　三秋　⇨啄木鳥

**木たたき**　きたたき　三秋　⇨啄木鳥

**青鴫**　あおしぎ　あをしぎ　三秋　⇩鴫《しぎ》〔11頁〕

**山鴫**　やましぎ　三秋　⇩鴫〔同右〕

**鶴鴫**　つるしぎ　三秋　⇩鴫〔同右〕

**磯鴫**　いそしぎ　三秋　⇩鴫〔同右〕

**草鴫**　くさしぎ　三秋　⇩鴫〔同右〕

**浜鴫**　はましぎ　三秋　⇩鴫〔同右〕

**雁が音**　かりがね　晩秋　⇩雁《かり》〔11頁〕

**雁鳴く**　かりなく　晩秋　⇩雁〔同右〕

**菱喰**　ひしくい　ひしくひ　晩秋　⇩雁〔同右〕

**病雁**　びょうがん　びやうがん　晩秋　⇩雁〔同右〕

**病雁**　やむかり　晩秋　⇩雁〔同右〕

**白雁**　はくがん　晩秋　⇩雁〔同右〕

**黒雁**　こくがん　晩秋　⇩雁〔同右〕

**初雁**　はつかり　晩秋　⇩雁〔同右〕

**雁行**　がんこう　がんかう　晩秋　⇩雁〔同右〕

**落雁**　らくがん　晩秋　⇩雁〔同右〕

**初鴨**　はつがも　仲秋

鴨（三冬）のうちその年初めて渡ってくる鴨。
5音 鴨渡《かもわた》る　鴨来《かもきた》る

**落鮎**　おちあゆ　仲秋
産卵のため川を下る鮎。
5音 下《くだ》り鮎　とまり鮎　秋の鮎　子持鮎《こもちあゆ》

**鮎落つ**　あゆおつ　仲秋　⇨落鮎

**錆鮎**　さびあゆ　仲秋　⇨落鮎

**渋鮎**　しぶあゆ　仲秋　⇨落鮎

**落鮒**　おちぶな　晩秋
冬を越すため温かい場所に移動する鮒。
5音 秋の鮒

**鮒落つ**　ふなおつ　晩秋　⇨落鮒

**落鯛**　おちだい　おちだひ　晩秋
瀬戸内海から太平洋へ出ていく鯛。

**鯛落つ**　たいおつ　たひおつ　晩秋　⇨落鯛《おちだい》

**雨魚**　あめうお　あめうを　仲秋　⇩江鮭《あめのうお》〔116頁〕

**琵琶鱒**　びわます　びはます　仲秋　⇩江鮭〔同右〕

**石伏／石斑魚**　いしぶし　三秋　⇩鰍《かじか》〔28頁〕

**小瀑**　こざらし　仲秋　⇩鯔《ぼら》〔12頁〕

**洲走**　すばしり　仲秋　⇩鯔〔同右〕

**腹ぶと**　はらぶと　仲秋　⇩鯔〔同右〕

**伊勢鯉**　いせごい　いせごひ　仲秋　⇩鯔〔同右〕

**鯔釣**　ぼらつり　仲秋　⇩鯔〔同右〕

**いな釣**　いなつり　仲秋　⇩鯔〔同右〕

**鯔飛ぶ**　ぼらとぶ　仲秋　⇩鯔〔同右〕

**黒鯊**　くろはぜ　三秋　⇩鯊《はぜ》〔12頁〕

**赤鯊**　あかはぜ　三秋　⇩鯊〔同右〕

**虎鯊**　とらはぜ　三秋　⇩鯊〔同右〕

**飛鯊**　とびはぜ　三秋　⇩鯊〔同右〕

**鯊干す**　はぜほす　三秋　⇩鯊〔同右〕

**こがつを**　こがつお　三秋　⇩宗太鰹《そうだがつお》〔149頁〕

**秋鯖**　あきさば　三秋

例 秋鯖や上司罵るために酔ふ　草間時彦
例 フェリーニの大田区秋鯖買う夫人　近藤十四郎

**秋鯵**　あきあじ　あきあぢ　三秋

**鰶**　このしろ　初秋
ニシン科の海水魚。
3音 **小鰭《こはだ》　しんこ　つなし　さつぱ**
5音 **小鰭鮨《こはだずし》**

**真鰯**　まいわし　三秋　⇩鰯《いわし》〔29頁〕

**小鰯**　こいわし　仲秋　⇩鯷《ひしこ》〔30頁〕

**太刀魚**　たちうお　たちうを　仲秋
2音 **太刀《たち》**
3音 **帯魚《たいぎよ》**
5音 **太刀《たち》の魚《うお》**

**秋味**　あきあじ　あきあぢ　仲秋　⇩鮭〔12頁〕

**初鮭**　はつざけ　仲秋　⇩鮭〔同右〕

**秋の蚊**　あきのか　三秋
例 近づいてくる秋の蚊のわらひごゑ　津川絵理子
例 秋の蚊に吸はれて平和だと思ふ　仁平勝
5音 **蚊の名残《なごり》　八月蚊《はちがつか》**

**別れ蚊**　わかれか　三秋　⇨秋の蚊

**残る蚊**　のこるか　三秋　⇨秋の蚊

**後れ蚊**　おくれか　三秋　⇨秋の蚊

**溢蚊**　あぶれか　仲秋　⇨秋の蚊

**哀れ蚊**　あわれか　あはれか　仲秋　⇨秋の蚊

**蜂の仔**　はちのこ　晩秋
クロスズメバチ（地蜂）の幼虫。巣から取り出して甘露煮などにする。
5音 **地蜂焼《じばちやき》**
6音 **蜂《はち》の子飯《こめし》**

**秋蝶**　あきちょう　あきてふ　三秋　⇩秋の蝶〔117頁〕

**老蝶**　おいちょう　おいてふ　三秋　⇩秋の蝶〔同右〕

**秋蟬**　あきぜみ　初秋　⇩秋の蟬〔118頁〕

**秋蟬**　しゅうせん　しうせん　初秋　⇩秋の蟬〔同右〕

**蜩／日暮／茅蜩**　ひぐらし　初秋

例　ひぐらしのさざなみとなり朝の空　佐藤鬼房

**かなかな**　初秋　⇨蜩

**寒蟬**　かんぜみ　初秋　⇨蜩

**寒蟬**　かんせん　初秋　⇨蜩

**とんばう**　とんぼう　三秋　⇩蜻蛉《とんぼ》〔30頁〕

**黄やんま**　きやんま　三秋　⇩蜻蛉〔同右〕

**蜉蝣**　かげろう　かげろふ　初秋

6音　**紋蜉蝣**《もんかげろう》　**斑蜻蛉**《まだらとんぼ》

7音　**正雪蜻蛉**《しょうせつとんぼ》　**白腹蜻蛉**《しろはらとんぼ》

**かぎろふ**　かぎろう　初秋　⇨蜉蝣

**鳴く虫**　なくむし　三秋　⇩虫〔13頁〕

**虫鳴く**　むしなく　三秋　⇩虫〔同右〕

**虫の音**　むしのね　三秋　⇩虫〔同右〕

**虫の夜**　むしのよ　三秋　⇩虫〔同右〕

例　虫の夜の孤島めきたる机かな　井出野浩貴

**虫聞**　むしきき　三秋　⇩虫〔同右〕

**いいぎり**　三秋　⇩竈馬《いとど》〔30頁〕

**蟋蟀**　こおろぎ　こほろぎ　三秋

例　こほろぎに寄りて流るる厨水　桂信子

例　蟀《こおろぎ》が髭をかつぎて鳴きにけり　一茶

3音　**ちちろ**

5音　**ちちろ虫**　**筆津虫**《ふでつむし》　**つづれさせ**

6音　**姫蟋蟀**《ひめこおろぎ》

7音　**えんま蟋蟀**　**油蟋蟀**《あぶらこおろぎ》　**おかめ蟋蟀**

**ころころ**　三秋　⇨蟋蟀

**鈴虫**　すずむし　初秋

5音　**金鐘児**《きんしょうじ》　**月鈴子**《げつれいし》

**松虫**　まつむし　初秋

6音　**青松虫**《あおまつむし》　**ちんちろりん**

**金琵琶**　きんびわ　きんびは　初秋　⇨松虫

**ちんちろ**　初秋　⇨松虫

**邯鄲**　かんたん　初秋

マツムシ科の昆虫。体は細く一四ミリ前後。

**朝鈴**　あさすず　初秋　⇩草雲雀《くさひばり》〔119頁〕

草雲雀の関西での呼び名。

**機織**　はたおり　初秋　⇩螽斯《きりぎりす》〔119頁〕

**馬追**　うまおい　うまおひ　初秋

キリギリス科の昆虫。薄緑色で体長約二センチ。触覚が長い。

3音 **すいと**

6音 **馬追虫《うまおいむし》**

**すいつちよ**　すいっちょ　初秋　⇨馬追

**くだまき**　初秋　⇨馬追

**がちやがちや**　がちゃがちゃ　初秋　⇩轡虫《くつわむし》〔119頁〕

**蟿螽**　はたはた　初秋　⇩螇蚸《ばった》〔31頁〕

**きちきち**　きちきち　初秋　⇩螇蚸〔同右〕

**螇蚸**　けいせき　初秋　⇩螇蚸〔同右〕

**稲虫**　いなむし　初秋

イナゴ類など稲に害を及ぼす虫の総称。

5音 **稲の虫**

**糠蠅**　ぬかばえ　ぬかばへ　三秋　⇩浮塵子《うんか》〔31頁〕

**泡虫**　あわむし　三秋　⇩浮塵子〔同右〕

**横這**　よこばい　よこばひ　三秋

ヨコバイ科の昆虫の総称。緑色で体長約五ミリ。

6音 **大横這《おおよこばい》**

8音 **褄黒横這《つまぐろよこばい》**　**稲妻横這《いなずまよこばい》**

**よこぶよ**　三秋　⇨横這

**蟷螂／鎌切**　かまきり　三秋

例 蟷螂のひらひら飛べる峠かな　岸本尚毅

5音 **いぼむしり**　**祈り虫**

**蟷螂**　とうろう　たうらう　三秋　⇨蟷螂

**斧虫**　おのむし　をのむし　三秋　⇨蟷螂

4音

**いぼじり**　三秋　⇨蟷螂

**螻蛄鳴く**　けらなく　三秋

螻蛄（バッタ目ケラ科）が夜に土中から鳴くこと。

5音 **おけら鳴く**

**歌女鳴く**　かじょなく　かぢよなく　三秋　⇩蚯蚓《みみず》鳴く〈119頁〉

**蓑虫**　みのむし　三秋

例 蓑虫にうすうす目鼻ありにけり　波多野爽波

5音 **親無子《おやなしご》**　**木樵虫《きこりむし》**

6音 **鬼《おに》の捨子《すてご》**　**父乞虫《ちちこうむし》**　**蓑虫鳴く**

**鬼の子**　おにのこ　三秋　⇨蓑虫

**みなし子**　みなしご　三秋　⇨蓑虫

**亀虫**　かめむし　初秋　⇩放屁虫《へひりむし》〈120頁〉

**菊吸**　きくすい　きくすひ　三秋　⇩菊吸虫《きくすいむし》〈150頁〉

**刺虫**　いらむし　初秋

刺蛾《いらが》の幼虫。柿などの果樹につく。

**芋虫**　いもむし　初秋

例 芋虫の一夜の育ち恐ろしき　高野素十

5音 **常世虫《とこよむし》**

**柚子坊**　ゆずぼう　ゆずばう　初秋　⇨芋虫

**七節**　ななふし　仲秋

体長約八センチで細長く葉や枝に擬態する昆虫。

6音 **竹節虫《ななふしむし》**

7音 **竹節虫《たけのふしむし》**

**秋蚕**　しゅうさん　しうさん　仲秋　⇩秋蚕《あきご》〈31頁〉

**秋繭**　あきまゆ　三秋

秋蚕《あきご》の育てる繭。

**青虫**　あおむし　あをむし　晩秋　⇩菜虫《なむし》〈31頁〉

**栗虫**　くりむし　晩秋

栗鳴象虫《くりしぎぞうむし》の幼虫。栗の実の中で孵化して育つ。

5音 **栗の虫**

7音 **栗のしぎ虫**

**われから**　三秋

和歌に詠まれているが、どんな虫かは特定されていない。割れた貝殻、藻に棲む小海老など諸説がある。

**藻の虫**　ものむし　三秋　⇨われから

6音 **藻に住む虫**　**藻に鳴く虫**

## 4音　植物

**秋薔薇**　あきばら　仲秋　⇩秋の薔薇〔121頁〕

**木犀**　もくせい　仲秋

モクセイ科の常緑小高木。銀木犀をさすほか、金木犀、薄黄木犀を含めての総称。葉の付け根に白色の小花が集まって咲く。芳香が強い。

例 天つつぬけに木犀と豚にほふ　飯田龍太

6音 **金木犀《きんもくせい》**　**銀木犀《ぎんもくせい》**　**桂《かつら》の花**

7音 **薄黄《うすぎ》木犀《もくせい》**

**底紅**　そこべに　初秋　⇩木槿《むくげ》〔31頁〕

**桃の実**　もものみ　初秋　⇩桃〔13頁〕

**白桃**　はくとう　はくたう　初秋　⇩桃〔同右〕

例 白桃に人刺すごとく刃を入れて　鈴木真砂女

**豊水**　ほうすい　三秋　⇩梨〔13頁〕

**幸水**　こうすい　かうすい　三秋　⇩梨〔同右〕

**新水**　しんすい　三秋　⇩梨〔同右〕

**洋梨**　ようなし　やうなし　三秋　⇩梨〔同右〕

**有の実**　ありのみ　三秋　⇩梨〔同右〕

**梨売**　なしうり　三秋　⇩梨〔同右〕

**梨園**　なしえん　なしゑん　三秋　⇩梨〔同右〕

**梨狩**　なしがり　三秋　⇩梨〔同右〕

**渋柿**　しぶがき　晩秋　⇩柿〔13頁〕

**甘柿**　あまがき　晩秋　⇩柿〔同右〕

**御所柿**　ごしょがき　晩秋　⇩柿〔同右〕

**伽羅柿**　きゃらがき　晩秋　⇩柿〔同右〕

**山柿**　やまがき　晩秋　⇩柿〔同右〕

**樽柿**　たるがき　晩秋　⇩柿〔同右〕

**ころ柿**　ころがき　晩秋　⇩柿〔同右〕

**うみ柿**　うみがき　晩秋　⇩熟柿《じゅくし》〔32頁〕

**さる柿**　さるがき　晩秋　⇩信濃柿〔121頁〕

**まめ柿**　まめがき　晩秋　⇩信濃柿〔同右〕

**紅玉**　こうぎょく　晩秋　⇩林檎〔32頁〕

**王林**　おうりん　わうりん　晩秋　⇩林檎〔同右〕

**ピオーネ**　仲秋　⇩葡萄〔32頁〕

**デラウェア**　仲秋　⇩葡萄〔同右〕

**毬栗**　いがぐり　晩秋　⇩栗〔14頁〕

**笑栗**　えみぐり　ゑみぐり　晩秋　⇩栗〔同右〕
熟して毬《いが》の開いている栗。

**落栗**　おちぐり　晩秋　⇩栗〔同右〕

**三つ栗**　みつぐり　晩秋　⇩栗〔同右〕

**山栗**　やまぐり　晩秋　⇩栗〔同右〕

**柴栗**　しばぐり　晩秋　⇩栗〔同右〕

**小栗**　ささぐり　晩秋　⇩栗〔同右〕

**焼栗**　やきぐり　晩秋　⇩栗〔同右〕
例　焼栗や映画看板似顔似ず　相子智恵

**ゆで栗**　ゆでぐり　晩秋　⇩栗〔同右〕

**栗山**　くりやま　晩秋　⇩栗〔同右〕

**石榴**　せきりゅう　せきりう　仲秋　⇩石榴《ざくろ》〔32頁〕

**無花果**　いちじく　晩秋
例　無花果は簞笥の色をしてゐたり　小池康生

**柚子の実**　ゆずのみ　晩秋　⇩柚子《ゆず》〔14頁〕

**獅子柚子**　ししゆず　晩秋　⇩柚子〔同右〕

**鬼柚子**　おにゆず　晩秋　⇩柚子〔同右〕

**橙**　だいだい　晩秋
3音　**かぶす**
6音　**回青橙**《かいせいとう》

**九年母**　くねんぼ　晩秋
ミカン科の常緑低木。
3音　**くねぶ**

**香橙**　こうとう　かうたう　晩秋　⇨九年母

**乳柑**　にゅうかん　晩秋　⇨九年母

**金柑**　きんかん　晩秋

6音　**姫橘《ひめたちばな》**

**金橘**　きんきつ　晩秋　⇨金柑

**仏手柑**　ぶしゅかん　晩秋

ミカン科の常緑低木。実は大ぶりで先が指のように分かれる。

**オリーブ**　晩秋

**榲桲**　まるめろ　晩秋

バラ科の落葉小高木。実が一〇センチ以上。

3音　**おにめ**

5音　**まるめいら**

**香円**　こうえん　かうえん　晩秋　⇨榲桲

**唐梨**　からなし　晩秋　⇩榠樝《かりん》の実〔122頁〕

**苔桃**　こけもも　初秋

ツツジ科の常緑小高木。実は熟すと赤く、ジャムや果実酒にする。

**フレップ**　初秋　⇨苔桃

**紅葉**　こうよう　こうえふ　晩秋　⇩紅葉《もみじ》〔33頁〕

**もみぢ葉**　もみじば　もみぢば　晩秋　⇩紅葉《もみじ》〔同右〕

**紅葉出づ**　もみいず　もみいづ　晩秋　⇩紅葉〔同右〕

**黄葉**　こうよう　くわうえふ　晩秋

3音　**黄葉《もみじ》**　**黄ばむ**

**黄落**　こうらく　くわうらく　晩秋

黄葉が落ちること。

5音　**黄落期《こうらくき》**

**かへるで**　かえるで　晩秋　⇩楓《かえで》〔34頁〕

**紅楓**　こうふう　晩秋　⇩楓〔同右〕

**五倍子**　ごばいし　晩秋　⇩五倍子《ふし》〔14頁〕

**桐散る**　きりちる　初秋　⇩桐一葉〔123頁〕

**黄柳**　こうりゅう　くわうりう　仲秋　⇩柳散る〔123頁〕

**南天燭**　なんてん　晩秋　⇩南天の実〈151頁〉

**やまぐみ**　初秋　⇩山茱萸《さんしゅゆ》の実〈152頁〉

**藤の実**　ふじのみ　ふぢのみ　仲秋

マメ科の蔓性落葉樹。実は細長い莢《さや》に包まれる。

**合歓の実**　ねむのみ　晩秋

マメ科の落葉小高木。実は莢に包まれ褐色に熟す。

**木瓜の実**　ぼけのみ　仲秋

バラ科の落葉低木。楕円形の実は大きいもので約一〇センチ。黄色く熟す。

**朴の実**　ほおのみ　ほほのみ　晩秋

モクレン科の落葉高木。袋状の実が赤紫色に熟すと裂けて種子が垂れる。

**杉の実**　すぎのみ　晩秋

実は緑色から褐色に変わり、種子が弾ける。

**橡の実／栃の実**　とちのみ　晩秋

ムクロジ科の落葉高木。直径約四センチの実の中に栗に似た種子が数個入る。

**団栗**　どんぐり　晩秋

例　団栗の葎《むぐら》に落ちてくゞる音　鈴木花蓑

5音　**櫟《くぬぎ》の実**

6音　**団栗独楽《どんぐりごま》**　**団栗餅《どんぐりもち》**

**椎の実**　しいのみ　しひのみ　晩秋

5音　**椎拾《しいひろ》ふ**

**落椎**　おちしい　おちしひ　晩秋　⇨椎の実

**小式部**　こしきぶ　晩秋　⇩紫式部〈167頁〉

**臭桐**　くさぎり　初秋　⇩臭木《くさぎ》の花〈152頁〉

**銀杏**　ぎんなん　晩秋

5音　**銀杏《いちょう》の実**

**無患子／木患子**　むくろじ　晩秋

ムクロジ科の落葉高木。直径約二センチの実の中に黒い種子がある。

**蜀椒**　しょくしょう　しよくせう　初秋　⇩山椒の実〈152頁〉

**枸杞の実**　くこのみ　晩秋

ナス科の落葉低木。約二センチの楕円形の実が紅色に熟す。生薬や枸杞酒になる。

3音 **枸杞子《くこし》**　**枸杞酒《くこしゅ》**

**瓢の実**　ひょんのみ　晩秋

蚊母樹《いすのき》（マンサク科の広葉樹）の葉にアブラムシの一種が作る虫瘤《むしこぶ》。孵化後に虫が出ていくと空洞になる。

例 小用といふ瓢の実のごときもの　谷雄介

5音 **瓢《ひょん》の笛**

6音 **蚊母樹《いすのき》の実**

**桐の実**　きりのみ　初秋

桐は夏に実をつけ、秋に熟すと二つに裂け種子を飛ばす。

**木天蓼**　またたび　三秋

蔓性落葉樹。実は秋に黄色く熟す。

**珊瑚樹**　さんごじゅ　晩秋

レンプクソウ科の常緑小高木。赤く熟した実が次第に黒味を帯びる。

**樹珊瑚**　きさんご　晩秋　⇨珊瑚樹

**錦木／鬼箭木**　にしきぎ　晩秋

紅葉の美しさを錦に譬えてこの名。実は楕円で秋に赤く熟す。

7音 **錦木《にしきぎ》紅葉《もみじ》**

**皂角子／皂莢**　さいかち　晩秋

マメ科の落葉高木。長い莢《さや》は褐色に熟す。

5音 **西海子《さいかいし》**　**鶏栖子《けいせいし》**

7音 **河原《かわら》藤木《ふじのき》**

**さいかし**　晩秋　⇨皂角子

**茱萸酒**　ぐみざけ　晩秋　⇩茱萸〔14頁〕

**蝦蔓／蘡薁**　えびづる　晩秋

ブドウ科の蔓性落葉樹。実は小さく黒く熟す。

5音 **紫葛《えびかずら》**　**草葡萄《くさぶどう》**

**野葡萄**　のぶどう　のぶだう　仲秋

実は熟して紫、青緑、白などが混ざって房を成す。

5音 **蛇葡萄《へびぶどう》**

**山女**　やまひめ　仲秋　⇩通草《あけび》〔34頁〕

**蔦の葉**　つたのは　三秋　⇩蔦《つた》〔14頁〕

**竹春**　ちくしゅん　仲秋　⇩竹の春〔125頁〕

**芭蕉葉**　ばしょうば　ばせうば　初秋　⇩芭蕉〔34頁〕

**檀特**　だんどく　三秋　⇩カンナ〔34頁〕

**サフラン／泊夫藍**　さふらん　晩秋

アヤメ科の多年草。花は紫色で六弁。香辛料にする。

5音 **番紅花《ばんこうか》**

8音 **秋咲《あきざき》サフラン**

**秋蘭**　しゅうらん　しうらん　初秋　⇩蘭〔14頁〕

**蘭の香**　らんのか　初秋　⇩蘭〔同右〕

**朝顔／蕣**　あさがお　あさがほ　初秋

例 朝顔の紺や百万都市夜明け　大森藍

例 置く場所のなき朝顔を貰ひけり　小野あらた

例 朝顔の紺の彼方の月日かな　石田波郷

5音 **牽牛花《けんぎゅうか》**

8音 **西洋朝顔《せいようあさがお》**

**牽牛子**　けんごし　仲秋　⇩朝顔の実〔153頁〕

**夜顔**　よるがお　よるがほ　初秋

ヒルガオ科の蔓性多年草。白く大ぶりの花が開く。

5音 **夜会草《やかいそう》／夜開草《やかいそう》**

**野牡丹**　のぼたん　初秋

紫色の大ぶりの五弁花が咲く。牡丹とは分類的に無縁。

**鶏頭**　けいとう　三秋

例 百本もあれば鶏頭には見えず　柘植史子

例 鶏頭のとろとろ燃ゆる熱の中　阿部完市

5音 **鶏頭花《けいとうか》**　**黄鶏頭《きけいとう》**

6音 **房鶏頭《ふさけいとう》**　**ちゃぼ鶏頭**　**紐鶏頭《ひもけいとう》**

7音 **扇鶏頭《おうぎけいとう》**　**箒鶏頭《ほうきけいとう》**　**韓藍《からあい》の花**

8音 三色鶏頭《さんしょくけいとう》

**からあゐ**　からあい　三秋　⇨鶏頭

**かまつか**　三秋　⇩葉鶏頭〈126頁〉

**コスモス**　仲秋

例 私コスモスいつも離陸路着陸路　池禎章

例 コスモスや回して抜ける杭一本　小野あらた

5音 **秋桜《あきざくら》**

7音 **大波斯菊《おおはるしゃぎく》**

**仙翁**　せんのう　せんをう　初秋　⇩仙翁花《せんのうげ》〈126頁〉

**おしろい**　仲秋　⇩白粉花《おしろいばな》〈153頁〉

**野茉莉**　のまつり　仲秋　⇩白粉花〈同右〉

**鬼灯／酸漿**　ほおずき　ほほづき　初秋

ナス科の多年草。実も実を包む萼《がく》も赤く熟す。種を抜いて口の中で鳴らして遊ぶ。

6音 **虫鬼灯《むしほおずき》**

**つまべに**　初秋　⇩鳳仙花〈127頁〉

**つまぐれ**　初秋　⇩鳳仙花〈同右〉

**白菊**　しらぎく　三秋　⇩菊〈15頁〉

**八重菊**　やえぎく　やへぎく　三秋　⇩菊〈同右〉

**大菊**　おおぎく　おほぎく　三秋　⇩菊〈同右〉

**中菊**　ちゅうぎく　三秋　⇩菊〈同右〉

**初菊**　はつぎく　三秋　⇩菊〈同右〉

**乱菊**　らんぎく　三秋　⇩菊〈同右〉

**菊時**　きくどき　三秋　⇩菊〈同右〉

**残菊**　ざんぎく　晩秋

菊の節句、重陽〈58頁〉を過ぎた菊。

5音 **残る菊　菊残る**

**晩菊**　ばんぎく　晩秋

晩秋に咲く菊。

**蒼朮**　そうじゅつ　さうじゆつ　仲秋　⇩蒼朮《おけら》の花〈153頁〉

**白朮**　びゃくじゅつ　仲秋　⇩蒼朮の花〈同右〉

**活草**　いきくさ　三秋　⇩弁慶草〈154頁〉

**つきくさ**　三秋　⇩弁慶草〔同右〕

**敗荷／破蓮／敗蓮**　やれはす　仲秋

葉の破れた蓮。

3音　**敗荷《はいか》**

5音　**敗荷《やれはちす》／破蓮《やれはちす》／敗蓮《やれはちす》　秋の蓮《はす》**

**蓮の実**　はすのみ　仲秋

蓮の花が終わった後の多数の穴から黒い種子が飛ぶ。

5音　**蓮の実《はちす》**

**たうなす**　とうなす　仲秋　⇩南瓜《かぼちゃ》〔35頁〕

**なんきん**　仲秋　⇩南瓜〔同右〕

**ぼうぶら**　仲秋　⇩南瓜〔同右〕

**冬瓜**　とうがん　初秋

3音　**冬瓜《とうが》**

**冬瓜**　かもうり　初秋　⇨冬瓜

**糸瓜**　いとうり　三秋　⇩糸瓜《へちま》〔35頁〕

**長瓜**　ながうり　三秋　⇩糸瓜〔同右〕

**瓢箪**　ひょうたん　へうたん　三秋　⇩瓢《ふくべ》〔35頁〕

**百生り**　ひゃくなり　三秋　⇩瓢〔同右〕

**千生り**　せんなり　三秋　⇩瓢〔同右〕

**苦瓜**　にがうり　仲秋　⇩茘枝《れいし》〔36頁〕

**秋茄子**　あきなす　仲秋　⇩秋茄子《あきなすび》〔128頁〕

**種茄子**　たねなす　晩秋

種を採るために収穫せずに残す茄子。

5音　**種茄子《たねなすび》**

**馬鈴薯**　じゃがいも　初秋

例　万有引力あり馬鈴薯にくぼみあり　奥坂まや

5音　**メークイン**

6音　**じゃがたらいも**

**馬鈴薯**　ばれいしょ　初秋　⇨馬鈴薯

**男爵**　だんしゃく　初秋　⇨馬鈴薯

**里芋**　さといも　三秋　⇩芋〔15頁〕

**家芋**　いえいも　いへいも　三秋　⇩芋〔同右〕

**親芋**　おやいも　三秋　⇩芋〔同右〕

**芋の子**　いものこ　三秋　⇩芋〔同右〕

**芋秋**　いもあき　三秋　⇩芋〔同右〕

**蓮芋**　はすいも　三秋　⇩芋〔同右〕

**芋の葉**　いものは　三秋　⇩芋〔同右〕

**芋殻**　いもがら　仲秋　⇩芋茎《ずいき》〔36頁〕

**自然薯**　じねんじょ　三秋

5音　**自然生《じねんじょう》**　**山の芋**　**やまついも**

**山芋**　やまいも　三秋　⇨自然薯

**つくいも**　三秋　⇩仏掌薯《つくねいも》〔128頁〕

**薯蕷／長薯**　ながいも　三秋

5音　**駱駝薯《らくだいも》**

**貝割**　かいわれ　かひわれ　仲秋　⇩貝割菜〔128頁〕

**間引菜**　まびきな　仲秋

大根（三冬）や蕪《かぶ》（三冬）などを育てる途中に間引いた葉。

例　鈴振るやうに間引菜の土落とす　津川絵理子

2音　**小菜《こな》**

3音　**抜菜《ぬきな》**

5音　**中抜菜《なかぬきな》**　**虚抜菜《うろぬきな》**　**疎抜菜《おろぬきな》**

**摘み菜**　つまみな　仲秋　⇨間引菜

**二葉菜**　ふたばな　仲秋　⇨間引菜

**菜間引く**　なまびく　仲秋　⇨間引菜

**独活の実**　うどのみ　仲秋

独活（晩春）の実は直径約三ミリで熟すと黒くなる。

**紫蘇の実**　しそのみ　仲秋

紫蘇（晩夏）は花が終わった穂に多数の実をつける。この穂紫蘇《ほじそ》をそのまま、また実を取って食用にする。

3音　**穂紫蘇《ほじそ》**

**南蛮**　なんばん　三秋　⇩唐辛子〔129頁〕

**薑**　はじかみ　三秋　⇩生姜〔36頁〕

**葉生姜**　はしょうが　はしやうが　三秋　⇩生姜〔同右〕

**富草**　とみくさ　三秋　⇩稲〔15頁〕
**粳稲**　うるしね　三秋　⇩稲〔同右〕
**糯稲**　もちいね　三秋　⇩稲〔同右〕
**餅米**　もちごめ　三秋　⇩稲〔同右〕
**稲の穂**　いねのほ　三秋　⇩稲〔同右〕
**八束穂**　やつかほ　三秋　⇩稲〔同右〕
**稲の香**　いねのか　三秋　⇩稲〔同右〕
**陸稲**　りくとう　りくたう　三秋　⇩陸稲《おかぼ》〔37頁〕
**早稲の香**　わせのか　初秋　⇩早稲《わせ》〔15頁〕
**早稲の穂**　わせのほ　初秋　⇩早稲〔同右〕
**まごいね**　晩秋　⇩穭《ひつじ》〔37頁〕
**畑稗**　はたびえ　仲秋　⇩稗《ひえ》〔16頁〕
**稗刈**　ひえかり　仲秋　⇩稗〔同右〕
**稗取**　ひえとり　仲秋　⇩稗〔同右〕
**鳩麦／川穀**　はとむぎ　初秋
イネ科の一年生作物。実を炒《い》って茶にする。

**5音　四国麦《しこくむぎ》**
**たうむぎ**　とうむぎ　初秋　⇨鳩麦
**せんこく**　初秋　⇨鳩麦
**唐薯**　からいも　仲秋　⇩甘薯《さつまいも》〔129頁〕
**島いも**　しまいも　仲秋　⇩甘薯〔同右〕
**甘藷掘**　いもほり　仲秋　⇩甘薯〔同右〕
**藷蔓**　いもづる　仲秋　⇩甘薯〔同右〕
**干薯**　ほしいも　仲秋　⇩甘薯〔同右〕
**もろこし**　仲秋　⇩玉蜀黍《とうもろこし》〔154頁〕
**玉黍／唐黍**　とうきび　たうきび　仲秋　⇩玉蜀黍〔同右〕
**なんばん**　仲秋　⇩玉蜀黍〔同右〕
**黍の穂**　きびのほ　仲秋　⇩黍《きび》〔16頁〕
**餅黍**　もちきび　仲秋　⇩黍〔同右〕
**黍刈る**　きびかる　仲秋　⇩黍〔同右〕
**粟の穂**　あわのほ　あはのほ　仲秋　⇩粟《あわ》〔16頁〕
**粟餅**　あわもち　あはもち　仲秋　⇩粟〔同右〕

**粟飯**　あわめし　あはめし　仲秋　⇩粟〔同右〕

**花蕎麦**　はなそば　初秋　⇩蕎麦の花〔130頁〕

**畦豆**　あぜまめ　晩秋

畦に植えた大豆のこと。

6音　**田畦豆**《たのくろまめ》

**くろまめ**　晩秋　⇨畦豆

**菜豆**　いんげん　初秋　⇩隠元豆〔155頁〕

**刀豆／鉈豆**　なたまめ　初秋

マメ科の蔓性一年生作物。莢《さや》は大ぶりでそのまま煮るなどする。

**たちはき**　初秋　⇨刀豆

**そこまめ**　晩秋　⇩落花生〔130頁〕

**新胡麻**　しんごま　仲秋　⇩胡麻〔16頁〕

**白胡麻**　しろごま　仲秋　⇩胡麻〔同右〕

**黒胡麻**　くろごま　仲秋　⇩胡麻〔同右〕

**金胡麻**　きんごま　仲秋　⇩胡麻〔同右〕

**麻の実**　あさのみ　初秋

3音　**苧**《お》**の実**

**桃吹く**　ももふく　仲秋

棉《わた》の花が終わって白い綿が出てくること。

5音　**棉**《わた》**の桃**　**棉実**《わたみの》**る**

**棉吹く**　わたふく　仲秋　⇨桃吹く

**棉の実**　わたのみ　仲秋　⇨桃吹く

**秋草**　あきくさ　三秋

3音　**千草**《ちぐさ》

5音　**秋の草**

**色草**　いろくさ　三秋　⇨秋草

**八千草**　やちぐさ　三秋　⇨秋草

**野の花**　ののはな　三秋　⇩草の花〔130頁〕

**草の穂**　くさのほ　三秋

イネ科などが秋になって伸ばす穂。

3音　**穂草**《ほぐさ》

5音 **草の絮《わた》　穂《ほ》絮飛《わたと》ぶ**

6音 **草の穂《ほ》絮《わた》**

**草の香**　くさのか　初秋

秋に感じる草の香り。

5音 **草の香《こう》**

**草の実**　くさのみ　三秋

草が秋につける実の総称。

6音 **草の実飛ぶ**

**末枯**　うらがれ　晩秋

草の葉が端から枯れ始めた状態。

10音 **草枯《くさかれ》に花残《はなのこ》る**

**末枯る**　うらがる　晩秋　⇨末枯

**糸萩**　いとはぎ　初秋　⇩萩〔16頁〕

**白萩**　しらはぎ　初秋　⇩萩〔同右〕

**紅萩**　べにはぎ　初秋　⇩萩〔同右〕

**秋萩**　あきはぎ　初秋　⇩萩〔同右〕

**初萩**　はつはぎ　初秋　⇩萩〔同右〕

**萩の野**　はぎのの　初秋　⇩萩〔同右〕

**萩原**　はぎわら　はぎはら　初秋　⇩萩〔同右〕

**萩叢**　はぎむら　初秋　⇩萩〔同右〕

**山萩**　やまはぎ　初秋　⇩萩〔同右〕

**萩散る**　はぎちる　初秋　⇩萩〔同右〕

**萩の戸**　はぎのと　初秋　⇩萩〔同右〕

**萩の実**　はぎのみ　晩秋

萩は花が散った後、楕円形で扁平の実を付ける。

**芒野**　すすきの　三秋　⇩芒〔38頁〕

**穂芒**　ほすすき　三秋　⇩尾花〔38頁〕

**萱の穂**　かやのほ　三秋　⇩萱《かや》〔16頁〕

**萱原**　かやはら　三秋　⇩萱〔同右〕

**浜荻**　はまおぎ　はまをぎ　三秋　⇩荻〔17頁〕

**荻原**　おぎはら　をぎはら　三秋　⇩荻〔同右〕

**荻福**　おぎふく　をぎふく　初秋　⇩荻《おぎ》の声〔132頁〕

4音

**刈萱**　かるかや　仲秋

イネ科の多年草。屋根を葺くなどに利用される。

5音　**筧草**《かけいぐさ》　**雌刈萱**《めがるかや》　**雄刈萱**《おがるかや》

**蘆原**　あしはら　仲秋　⇩蘆《あし》の花〔132頁〕

**葭原**　よしはら　仲秋　⇩蘆の花〔同右〕

**蘆の穂**　あしのほ　晩秋　⇩蘆《あし》の穂絮《ほわた》〔156頁〕

**浜杉**　はますぎ　晩秋　⇩厚岸草《あっけしそう》〔156頁〕

**浜松**　はままつ　晩秋　⇩厚岸草〔同右〕

**数珠玉**　じゅずだま　三秋

イネ科の多年草。莢《さや》の中の実が緑色から熟して黒、灰色になる。実に糸を通すなどして遊んだのでこの名。

3音　**ずずこ**

**ずず珠**　ずずだま　三秋　⇨数珠玉

**唐麦**　とうむぎ　たうむぎ　三秋　⇨数珠玉

**葛の葉**　くずのは　三秋　⇩葛〔17頁〕

**郁子の実**　むべのみ　初秋　⇩郁子《むべ》〔17頁〕

**撫子**　なでしこ　初秋

7音　**大和撫子**《やまとなでしこ》　**川原撫子**《かわらなでしこ》

**常夏**　とこなつ　初秋　⇨撫子

**紺菊**　こんぎく　仲秋　⇩野菊〔39頁〕

**磯菊**　いそぎく　晩秋

キク科の多年草。海浜に自生し、花は黄色で筒状。

**浜菊**　はまぎく　仲秋

キク科の多年草。砂浜や断崖に自生。花は中心が黄色で白く細い花弁が取り囲む。

**目はじき**　めはじき　初秋

シソ科の一年草または越年草。花は淡紅色。

5音　**益母草**《やくもそう》

6音　**めはじきぐさ**

**ふしだか**　三秋　⇩牛膝《いのこずち》〔133頁〕

**蘭草**　らんそう　らんさう　初秋　⇩藤袴《ふじばかま》〔133頁〕

**香草**　こうそう　かうさう　初秋　⇩藤袴〔同右〕

**山蘭**　さんらん　初秋　⇩鵯花《ひよどりばな》〔157頁〕

**真薊**　まあざみ　仲秋　⇩山薊〔133頁〕

**きちかう**　きちこう　初秋　⇩桔梗《ききょう》〔39頁〕

**千屈菜／鼠尾草**　みそはぎ　初秋

畦《あぜ》などの湿地に自生。花は紅紫色で小さく六弁。

6音　**聖霊花《しょうりょうばな》**　**水掛草《みずかけぐさ》／水懸草《みずかけぐさ》**

**溝萩**　みぞはぎ　初秋　⇨千屈菜

**水萩**　みずはぎ　みづはぎ　初秋　⇨千屈菜

**草萩**　そうはぎ　さうはぎ　初秋　⇨千屈菜

**水引**　みずひき　みづひき　初秋　⇩水引の花〔170頁〕

**竜胆**　りんどう　りんだう　仲秋

多年生で青紫色の大ぶりの花が上向きに咲く。

5音　**瘧草《えやみぐさ》**　**胃病草《いやみぐさ》**

6音　**笹竜胆《ささりんどう》**　**竜胆草《たつのいぐさ》**　**蔓竜胆《つるりんどう》**　**蝦夷竜胆《えぞりんどう》**

7音　**御山竜胆《おやまりんどう》**　**朝熊竜胆《あさまりんどう》**　**深山竜胆《みやまりんどう》**

**雄ひじは**　おひじわ　をひじは　三秋　⇩相撲草《すもうぐさ》〔134頁〕

**雄日芝**　おひしば　をひしば　三秋　⇩相撲草〔同右〕

**見せばや**　みせばや　晩秋

ベンケイソウ科の多年草。薄紅色の小さな五弁花。

**玉の緒**　たまのお　たまのを　晩秋　⇨みせばや

**露草**　つゆくさ　三秋

例　牛部屋に露草咲きぬ牛の留守　正岡子規

5音　**うつし花**　**蛍草《ほたるぐさ》**　**帽子花《ぼうしばな》**　**百夜草《ひゃくやそう》**

6音　**鴨跖草《おうせきそう》**

**月草**　つきくさ　三秋　⇨露草

**かま草**　かまくさ　三秋　⇨露草

**青花**　あおばな　あをばな　三秋　⇨露草

**草烏頭**　くさうず　くさうづ　仲秋　⇩鳥兜《とりかぶと》〔135頁〕

**蓼の穂**　たでのほ　初秋　⇩蓼《たで》の花〔135頁〕

**犬蓼**　いぬたで　初秋　⇩赤のまんま〔158頁〕

**花蓼**　はなたで　初秋　⇩赤のまんま〔同右〕

**玉章**　たまずさ　たまづさ　晩秋　⇩烏瓜《からすうり》〔136頁〕

**菱の実**　ひしのみ　晩秋

ミソハギ科の一年生水草。菱形の実は餅などの食用。

**くさびら**　晩秋　⇩茸《きのこ》〔39頁〕

**猪茸**　ししたけ　晩秋　⇩茸〔同右〕

**楢茸**　ならだけ　晩秋　⇩茸〔同右〕

**松茸**　まつたけ　晩秋

**栗茸**　くりたけ　晩秋

モエギタケ科で食用。傘の色は褐色。

5音　**栗もたし**

**椎茸**　しいたけ　しひたけ　三秋

例　椎茸の切れ込みにつゆ溜まりけり　小野あらた

**初茸**　はつたけ　三秋

ベニタケ科で食用。傷口から滲み出る乳液が紅色から青緑色に変わる。

**舞茸**　まいたけ　まひたけ　仲秋

**黒舞茸**　くろまい　くろまひ　仲秋　⇨舞茸

**白舞茸**　しろまい　しろまひ　仲秋　⇨舞茸

**毒茸**　どくたけ　三秋

毒を持つ茸の総称。

5音　**毒茸《どくきのこ》　笑ひ茸　しびれ茸**

6音　**苦栗茸《にがくりたけ》**

**汗茸**　あせたけ　三秋　⇨毒茸

**紅茸**　べにたけ　仲秋

ベニタケ科の総称。名に紅とあるが、傘の色は様々。

# 5音の季語

## 5音 時候

**秋浅し** あきあさし 初秋 ⇩初秋《しょしゅう》〔18頁〕

**秋初め** あきはじめ 初秋 ⇩初秋〔同右〕

**秋初月** あきはづき 初秋 ⇩文月《ふみづき》〔40頁〕

**七夜月** ななよづき 初秋 ⇩文月〔同右〕

**秋来る** あききたる 初秋 ⇩立秋〔40頁〕

**秋に入る** あきにいる 初秋 ⇩立秋〔同右〕

**今朝の秋** けさのあき 初秋 ⇩立秋〔同右〕

**今日の秋** きょうのあき けふのあき 初秋 ⇩立秋〔同右〕

**秋暑し** あきあつし 初秋 ⇩残暑〔18頁〕

例 太陽はいつもまんまる秋暑し 三橋敏雄

例 毛を刈つて犬が小さく秋暑く 岸本尚毅

**秋涼し** あきすずし 初秋 ⇩新涼〔41頁〕

**涼新た** りょうあらた りやうあらた 初秋 ⇩新涼〔同右〕

**前七日** まえなぬか まへなぬか 仲秋 ⇩二百十日〔137頁〕

**風祭** かぜまつり 仲秋 ⇩二百十日〔同右〕

**秋なかば** あきなかば 仲秋 ⇩仲秋〔41頁〕

**月見月** つきみづき 仲秋 ⇩葉月〔18頁〕

**草津月** くさつづき 仲秋 ⇩葉月〔同右〕

**木染月** こそめづき 仲秋 ⇩葉月〔同右〕

**濃染月** こぞめづき 仲秋 ⇩葉月〔同右〕

**雁来月** かりくづき 仲秋 ⇩葉月〔同右〕

**桂月** かつらづき 仲秋 ⇩葉月〔同右〕

**玄鳥去る** つばめさる 仲秋

七十二候（日本）で九月一七日頃から約五日間。

**秋彼岸** あきひがん 仲秋

秋分を中日としてその前後三日間ずつの計七日間。なお、単に「彼岸」は春彼岸をさす。

6音 **後《のち》の彼岸**　**秋彼岸会《あきひがんえ》**

**末の秋**　すえのあき　するゑのあき　晩秋　⇩晩秋〔41頁〕

**紅葉月**　もみじづき　もみぢづき　晩秋　⇩長月〔42頁〕

**寝覚月**　ねざめづき　晩秋　⇩長月〔同右〕

**秋の朝**　あきのあさ　三秋

4音 **秋朝《しゅうちょう》**

**秋の昼**　あきのひる　三秋

例 筥《はこ》いっぱいの櫛焼く父よ秋の昼　金原まさ子

**秋真昼**　あきまひる　三秋　⇨秋の昼

**秋の暮**　あきのくれ　三秋

例 まつすぐの道に出でけり秋の暮　高野素十

例 小細工の小俳句できて秋の暮　加藤郁乎

6音 **秋の夕べ**

7音 **秋の夕暮**

**秋の夕**　あきのゆう　あきのゆふ　三秋　⇨秋の暮

**秋の宵**　あきのよい　あきのよひ　三秋

4音 **秋宵《しゅうしょう》**

**宵の秋**　よいのあき　よひのあき　三秋　⇨秋の宵

**夜半の秋**　よわのあき　よはのあき　三秋　⇩秋の夜〔42頁〕

例 仏具屋を出でて六区へ夜半の秋　佐山哲郎

**秋気澄む**　しゅうきすむ　しうきすむ　三秋　⇩秋気〔19頁〕

**秋麗**　あきうらら　三秋

4音 **秋麗《しゅうれい》**

**秋寒し**　あきさむし　晩秋　⇩秋寒《あきさむ》〔43頁〕

**秋小寒**　あきこさむ　晩秋　⇩秋寒〔同右〕

**そぞろ寒**　そぞろざむ　晩秋

**すずろ寒**　すずろざむ　晩秋　⇨そぞろ寒

**うすら寒**　うすらさむ　晩秋　⇩うそ寒〔43頁〕

**朝寒し**　あささむし　晩秋　⇩朝寒《あさざむ》〔43頁〕

**朝寒み**　あささむみ　晩秋　⇩朝寒〔同右〕

**夜を寒み**　よをさむみ　晩秋　⇩夜寒《よさむ》〔19頁〕

**秋土用**　あきどよう　晩秋

立冬前の約一八日間。

**秋深し**　あきふかし　晩秋

4音 **秋闌《あきた》く**　**秋更《あきふ》く**　**深秋《しんしゅう》**

6音 **秋闌《あきたけなわ》**

**秋深む**　あきふかむ　晩秋　⇨秋深し

**暮の秋**　くれのあき　晩秋

秋の終わり頃。

例 能すみし面の衰へ暮の秋　高浜虚子

3音 **暮秋《ぼしゅう》**

4音 **秋暮《あきく》る**

**秋の果**　あきのはて　晩秋　⇩行く秋〔44頁〕

**残る秋**　のこるあき　晩秋　⇩行く秋〔同右〕

**帰る秋**　かえるあき　かへるあき　晩秋　⇩行く秋〔同右〕

**秋惜しむ**　あきおしむ　晩秋

例 欲しき本無けれど書肆に秋惜しむ　津川絵理子

**冬近し**　ふゆちかし　晩秋

6音 **冬を隣《とな》る**

**冬隣る**　ふゆとなる　晩秋　⇨冬近し

**冬隣**　ふゆどなり　晩秋　⇨冬近し

**冬を待つ**　ふゆをまつ　晩秋　⇨冬近し

**九月尽**　くがつじん　くぐわつじん　晩秋

九月が終わること。

**九月尽く**　くがつつく　くぐわつつく　晩秋　⇨九月尽

## 5音　天文

**秋日射**　あきひざし　三秋　⇩秋日《あきび》〔19頁〕

**秋日影**　あきひかげ　三秋　⇩秋日〔同右〕

**秋入日／秋没日**　あきいりひ　三秋　⇩秋日〔同右〕

**秋の晴**　あきのはれ　三秋　⇩秋晴〔44頁〕

例 ラヂヲよく聞こえ北佐久秋の晴　高浜虚子

**秋日和**　あきびより　三秋

例 句碑の句の少し愚かに秋日和　岸本尚毅

**菊日和**　きくびより　三秋

**秋旱／秋日照**　あきひでり　三秋

**秋乾**　あきかわき　三秋　⇨秋旱

**秋の声**　あきのこえ　あきのこゑ　三秋

秋の物音、虫の声など。

例 みそぎして寄せくる秋の声きかん　中勘助

4音 **秋声**《しゅうせい》

**秋の空**　あきのそら　三秋

例 によつぽりと秋の空なる富士の山　鬼貫

4音 **秋空**《あきぞら》　**秋天**《しゅうてん》　**旻天**《びんてん》　**秋旻**《しゅうびん》

**天高し**　てんたかし　三秋

4音 **秋高**《しゅうこう》

**秋高し**　あきたかし　三秋　⇨天高し

**空高し**　そらたかし　三秋　⇨天高し

**秋の雲**　あきのくも　三秋

4音 **秋雲**《あきぐも》　**秋雲**《しゅううん》

**鰯雲**　いわしぐも　三秋

例 丸善にノートを買つて鰯雲　依光陽子

例 金策の頭の上の鰯雲　大野泰雄

**鱗雲**　うろこぐも　三秋　⇨鰯雲

**四日月**　よっかづき　三秋　⇩月〔8頁〕

**五日月**　いつかづき　三秋　⇩月〔同右〕

**八日月**　ようかづき　やうかづき　三秋　⇩月〔同右〕

**十日月**　とおかづき　とをかづき　三秋　⇩月〔同右〕

**月上る**　つきのぼる　三秋　⇩月〔同右〕

**月の秋**　つきのあき　三秋　⇩月〔同右〕

**月の雪**　つきのゆき　三秋　⇩月〔同右〕

**胸の月**　むねのつき　三秋　⇩月〔同右〕

**袖の月**　そでのつき　三秋　⇩月〔同右〕

**朝月日**　あさつきひ　三秋　⇩月〔同右〕

**夕月日**　ゆうつきひ　ゆふつきひ　三秋　⇩月〔同右〕

**昼の月**　ひるのつき　三秋　⇩月〔同右〕

**夜半の月**　よわのつき　よはのつき　三秋　⇩月〔同右〕

**月の蝕**　つきのしょく　三秋　⇩月〔同右〕

**月の暈**　つきのかさ　三秋　⇩月〔同右〕

**月の入**　つきのいり　三秋　⇩月〔同右〕

**月渡る**　つきわたる　三秋　⇩月〔同右〕

**秋の月**　あきのつき　三秋　⇩月〔同右〕

**上り月**　のぼりづき　三秋

新月から次第に満ちていく月。

7音　**上弦《じょうげん》の月**

**降り月／下り月**　くだりづき　三秋

満月から次第に欠けていく月。

6音　**下弦《かげん》の月**

**望くだり**　もちくだり　三秋　⇨降り月

**盆の月**　ぼんのつき　初秋

旧暦七月一五日の満月。

**初月夜**　はつづきよ　仲秋　⇩初月《はつづき》〔45頁〕

**二日月**　ふつかづき　仲秋

旧暦八月二日の新月。

4音　**繊月《せんげつ》**

6音　**二日《ふつか》の月**

**三日の月**　みかのつき　仲秋　⇩三日月《みかづき》〔45頁〕

**月の眉**　つきのまゆ　仲秋　⇩三日月〔同右〕

**月の弓**　つきのゆみ　仲秋　⇩弓張月《ゆみはりづき》〔139頁〕

**月の舟**　つきのふね　仲秋　⇩弓張月〔同右〕

**夕月夜**　ゆうづくよ　ゆふづくよ　仲秋

月が宵の間だけで夜半には没する夜。

4音　**夕月《ゆうづき》**　**宵月《よいづき》**

**夕月夜**　ゆうづきよ　ゆふづきよ　仲秋　⇨夕月夜

**宵月夜**　よいづきよ　よひづきよ　仲秋　⇨夕月夜

**小望月**　こもちづき　仲秋　⇩待宵《まつよい》〔46頁〕

**今日の月**　きょうのつき　けふのつき　仲秋　⇩名月〔46頁〕

例　月ほどに明るき雲やけふの月　岸本尚毅

**月今宵**　つきこよい　つきこよひ　仲秋　⇩名月〔同右〕

**月の雲**　つきのくも　仲秋　⇩無月〔20頁〕

**雨の月**　あめのつき　仲秋　⇩雨月〔20頁〕

**月の雨**　つきのあめ　仲秋　⇩雨月〔同右〕

**十六夜**　じゅうろくや　じふろくや　仲秋　⇩十六夜《いざよい》〔46頁〕

**十七夜**　じゅうしちや　じふしちや　仲秋　⇩立待月《たちまちづき》〔139頁〕

**居待月／座待月**　いまちづき　ゐまちづき　仲秋

旧暦八月一八日の月。

3音　**居待《いまち》**

6音　**居待《いまち》の月**

8音　**十八夜《じゅうはちや》の月**

**寝待月**　ねまちづき　仲秋　⇩臥待月《ふしまちづき》〔139頁〕

**二十日月**　はつかづき　仲秋　⇩更待月《ふけまちづき》〔140頁〕

**明の月**　あけのつき　仲秋　⇩有明月《ありあけづき》〔140頁〕

**朝の月**　あさのつき　仲秋　⇩有明月〔同右〕

**朝月夜**　あさづくよ　仲秋　⇩有明月〔同右〕

**残る月**　のこるつき　仲秋　⇩有明月〔同右〕

**後の月**　のちのつき　晩秋

旧暦九月一三日の月。

4音　**姥月《うばづき》**

6音　**名残《なごり》の月　月の名残《なごり》　二夜《ふたよ》の月　後《のち》の今宵《こよい》**

**豆名月《まめめいげつ》　栗名月《くりめいげつ》**

7音　**女名月《おんなめいげつ》　後《のち》の名月**

**十三夜**　じゅうさんや　じふさんや　晩秋　⇨後の月

例　漢方の百の抽斗十三夜　有馬朗人

**秋の星**　あきのほし　三秋

4音　**ペガサス**

**白鳥座**　はくちょうざ　はくてうざ　三秋　⇨秋の星

**秋北斗**　あきほくと　三秋　⇨秋の星

**星月夜**　ほしづきよ　三秋

星明かりが月夜のように明るいこと。

例 平均台端までゆけば星月夜　正木ゆう子

**星月夜**　ほしづくよ　三秋　⇨星月夜

**星明り**　ほしあかり　三秋　⇨星月夜

**天の川**　あまのがわ　あまのがは　三秋

例 家毎に地球の人や天の川　三橋敏雄

例 天の川星踏み鳴らしつつ渡る　生駒大祐

3音 **銀河**　**明河**《めいが》　**星河**《せいが》　**河漢**《かかん》

4音 **銀漢**《ぎんかん》　**銀浪**《ぎんろう》　**雲漢**《うんかん》　**天漢**《てんかん》　**銀湾**《ぎんわん》

**流れ星**　ながれぼし　三秋　⇩流星〔47頁〕

**夜這星**　よばいぼし　よばひぼし　三秋　⇩流星〔同右〕

**星流る**　ほしながる　三秋　⇩流星〔同右〕

**星走る**　ほしはしる　三秋　⇩流星〔同右〕

**碇星**　いかりぼし　仲秋

カシオペア座のこと。

**カシオペア**　仲秋　⇨碇星

**二つ星**　ふたつぼし　初秋

琴座のベガ（織姫）と鷲座のアルタイル（彦星）。

3音 **二星**《にせい》　**二星**《じせい》

**秋の風**　あきのかぜ　三秋　⇩秋風《あきかぜ》〔47頁〕

例 もういちど吹いてたしかに秋の風　仁平勝

**秋風裡**　しゅうふうり　しうふうり　三秋　⇩秋風〔同右〕

例 右向けば左が淋し秋風裡　柿本多映

**風爽か**　かぜさやか　三秋　⇩秋風〔同右〕

**初嵐**　はつあらし　初秋

台風に先駆けて吹く強風。

**野分だつ**　のわきだつ　仲秋　⇩野分《のわき》〔21頁〕

**野分波**　のわきなみ　仲秋　⇩野分〔同右〕

**野分雲**　のわきぐも　仲秋　⇩野分〔同右〕

**野分後**　のわきあと　仲秋　⇩野分〔同右〕

**野分晴**　のわきばれ　仲秋　⇩野分〔同右〕

**夕野分**　ゆうのわき　ゆふのわき　仲秋　⇩野分〔同右〕

**台風裡**　たいふうり　仲秋　⇩台風〔48頁〕

**台風禍**　たいふうか　たいふうくわ　仲秋　⇩台風〔同右〕

**送りまぜ／送り南風**　おくりまぜ　初秋

盆〔10頁〕の頃に吹く南風。

**おくりまじ**　初秋　⇨送りまぜ

**後れまじ**　おくれまじ　初秋　⇨送りまぜ

**土用時化**　どようじけ　仲秋　⇩高西風《たかにし》〔48頁〕

**籾落し**　もみおとし　仲秋　⇩高西風〔同右〕

高西風《たかにし》の異称。稲の収穫期に強風で籾に被害が出ることから。

**鮭颪**　さけおろし　仲秋

鮭が川を遡上する頃に吹く強風。

**雁渡し**　かりわたし　仲秋

雁が渡ってくる頃に吹く北風。

**芋嵐**　いもあらし　仲秋

芋の葉が裏返るほどの強風。

**黍嵐**　きびあらし　仲秋

黍の穂を激しく揺らすほどの強風。

**秋曇**　あきぐもり　三秋

4音　**秋陰**《しゅういん》

**秋陰**　あきかげり　三秋　⇨秋曇

**秋湿**　あきじめり　三秋

4音　**しけ寒**《さむ》

**秋の雨**　あきのあめ　三秋

4音　**秋雨**《あきさめ》　**秋霖**《しゅうりん》

例　振り消してマッチの匂ふ秋の雨　村上鞆彦

7音　**後**《のち》**の村雨**《むらさめ》

**秋黴雨**　あきついり　三秋　⇨秋の雨

**秋時雨**　あきしぐれ　晩秋

**秋の雪**　あきのゆき　晩秋

4音　**秋雪**《しゅうせつ》

**秋の雷**　あきのらい　初秋

4音　**秋雷**《しゅうらい》

**稲光**　いなびかり　初秋　⇩稲妻〈48頁〉

例　いなびかり北よりすれば北を見る　橋本多佳子

**稲の殿**　いねのとの　初秋　⇩稲妻〈同右〉

**稲の妻**　いねのつま　初秋　⇩稲妻〈同右〉

**稲の夫**　いねのつま　初秋　⇩稲妻〈同右〉

**稲つるみ**　いなつるみ　初秋　⇩稲妻〈同右〉

**稲つるび**　いなつるび　初秋　⇩稲妻〈同右〉

**秋の虹**　あきのにじ　三秋

4音 ▷ **秋虹**《あきにじ》

**秋霞**　あきがすみ　三秋

6音 ▷ **秋の霞**

**霧襖**　きりぶすま　三秋　⇩霧〈9頁〉

**霧の海**　きりのうみ　三秋　⇩霧〈同右〉

**霧時雨**　きりしぐれ　三秋　⇩霧〈同右〉

**露の玉**　つゆのたま　三秋　⇩露〈9頁〉

例　ころがつて一つになりし露の玉　岩田由美

**露葎**　つゆむぐら　三秋　⇩露〈同右〉

**露の秋**　つゆのあき　三秋　⇩露〈同右〉

**露の宿**　つゆのやど　三秋　⇩露〈同右〉

**露の袖**　つゆのそで　三秋　⇩露〈同右〉

**袖の露**　そでのつゆ　三秋　⇩露〈同右〉

**芋の露**　いものつゆ　三秋　⇩露〈同右〉

例　芋の露連山影を正しうす　飯田蛇笏

例　なみなみと大きく一つ芋の露　岩田由美

**露時雨**　つゆしぐれ　晩秋

霜が一面に降りて時雨の後のように見えること。また、葉から露がこぼれること。

**露寒し**　つゆさむし　晩秋　⇩露寒《つゆさむ》〈49頁〉

**秋の霜**　あきのしも　晩秋

4音 ▷ **秋霜**《しゅうそう》

**竜田姫**　たつたひめ　三秋

秋を司る女神。春は佐保姫。竜田山も佐保山も奈良県。

## 5音　地理

**秋の山**　あきのやま　三秋
［4音］**秋山《あきやま》**　**秋山《しゅうざん》**　**秋嶺《しゅうれい》**　**山《やま》澄《す》む**
**秋の峰**　あきのみね　三秋　⇨秋の山
**山の秋**　やまのあき　三秋　⇨秋の山
**秋の岳**　あきのたけ　三秋　⇨秋の山
**秋山家**　あきやまが　三秋　⇨秋の山
**山粧ふ**　やまよそう　やまよそふ　三秋　⇩山粧《やまよそお》ふ〔141頁〕
**秋の原**　あきのはら　三秋　⇩秋の野〔49頁〕
**野路の秋**　のじのあき　のぢのあき　三秋　⇩秋の野〔同右〕
**山の色**　やまのいろ　晩秋　⇩野山の色〔141頁〕
**野の錦**　ののにしき　晩秋　⇩野山の錦〔161頁〕
**花野原**　はなのはら　三秋　⇩花野〔21頁〕
**花野道**　はなのみち　三秋　⇩花野〔同右〕
**花野風**　はなのかぜ　三秋　⇩花野〔同右〕

**秋の園**　あきのその　三秋
［4音］**秋園《しゅうえん》**／**秋苑《しゅうえん》**
**花畑／花畠**　はなばたけ　三秋
［2音］**花圃《かほ》**
［3音］**花壇《かだん》**
［4音］**花園《はなぞの》**
**秋の土**　あきのつち　三秋
**田色づく**　たいろづく　仲秋　⇩秋の田〔50頁〕
**刈田原**　かりたはら　晩秋　⇩刈田〔21頁〕
**刈田道**　かりたみち　晩秋　⇩刈田〔同右〕
**刈田面**　かりたづら　晩秋　⇩刈田〔同右〕
**秋の水**　あきのみず　あきのみづ　仲秋
［4音］**秋水《しゅうすい》**
**水の秋**　みずのあき　みづのあき　仲秋　⇨秋の水
**秋の川**　あきのかわ　あきのかは　三秋
［4音］**秋川《あきかわ》**　**秋江《しゅうこう》**

**秋の江**　あきのこう　あきのかう　三秋　⇨秋の川

**秋出水**　あきでみず　あきでみづ　初秋

台風や長雨で河川の水が溢れること。

**秋の池**　あきのいけ　三秋

**秋の湖**　あきのうみ　三秋　⇩秋の湖《みずうみ》〔161頁〕

**秋の海**　あきのうみ　三秋

**秋の潮**　あきのしお　あきのしほ　三秋

4音　**秋潮《しゅうちょう》**　**秋潮《あきしお》**

**葉月潮**　はづきじお　はづきじほ　仲秋　⇩初潮《はつしお》〔50頁〕

**望の潮**　もちのしお　もちのしほ　仲秋　⇩初潮〔同右〕

**風津波**　かぜつなみ　仲秋　⇩高潮《たかしお》〔50頁〕

**秋の波／秋の浪**　あきのなみ　三秋

4音　**秋濤《しゅうとう》**

**秋の浜**　あきのはま　三秋

4音　**秋汀《しゅうてい》**

6音　**秋の浜辺**　**秋の渚**

**秋渚**　あきなぎさ　三秋　⇨秋の浜

**浜の秋**　はまのあき　三秋　⇨秋の浜

## 5音　生活

**秋の服**　あきのふく　三秋

7音　**秋の帷子《かたびら》**

**菊襲**　きくがさね　晩秋

襲《かさね》の色目の一つ。表が白、裏が蘇芳《すおう》色。

9音　**菊襲《きくがさね》の衣《ころも》**

**今年酒**　ことしざけ　晩秋　⇩新酒〔21頁〕

**新走**　あらばしり　晩秋　⇩新酒〔同右〕

**新酒糟**　しんしゅかす　晩秋　⇩新酒〔同右〕

**濁り酒**　にごりざけ　仲秋

発酵した醪《もろみ》を濾《こ》していない酒。

3音　**濁酒《だくしゅ》**　**醪《もろみ》／醅《もろみ》／諸味《もろみ》／諸醪《もろみ》**

4音　**どぶろく**　**どびろく**　**中汲《なかぐみ》**

**ましら酒**　ましらざけ　三秋　⇩猿酒《さるざけ》〔51頁〕

**今年米**　ことしまい　三秋　⇩新米〔51頁〕

**早稲の飯**　わせのめし　三秋　⇩新米〔同右〕

**糄米**　ひらいごめ　初秋　⇩焼米〔51頁〕

**月見豆**　つきみまめ　三秋　⇩枝豆〔51頁〕

**だだちゃ豆**　だだちゃまめ　三秋　⇩枝豆〔同右〕

**零余子飯**　むかごめし　晩秋

長芋などの球芽を炊き込んだ飯。

**ぬかご飯**　ぬかごめし　晩秋　⇨零余子飯

**ぬかご汁**　ぬかごじる　晩秋　⇨零余子飯

**栗おこは**　くりおこわ　くりおこは　晩秋　⇩栗飯〔51頁〕

**栗ごはん**　くりごはん　晩秋　⇩栗飯〔同右〕

**茸飯**　きのこめし　仲秋　⇩松茸飯《まつたけめし》〔142頁〕

**橡の餅**　とちのもち　晩秋　⇩橡餅《とちもち》〔51頁〕

**橡団子**　とちだんご　晩秋　⇩橡餅〔同右〕

**栗鹿の子**　くりかのこ　晩秋　⇩栗羊羹〔142頁〕

**柚味噌釜**　ゆみそがま　晩秋　⇩柚味噌《ゆみそ》〔22頁〕

**吊し柿**　つるしがき　晩秋　⇩干柿〔52頁〕

**柿吊す**　かきつるす　晩秋　⇩干柿〔同右〕

**菊膾**　きくなます　晩秋

茹でた菊の花弁を酢で和えたもの。

6音 **もってのほか**

**氷頭膾**　ひずなます　ひづなます　仲秋

鮭の頭の軟骨を酢でしめたもの。

**鯷漬**　ひしこづけ　仲秋

カタクチイワシの塩漬け。

**鯷干す**　ひしこほす　仲秋　⇨鯷漬《ひしこづけ》

**臓うるか**　わたうるか　晩秋　⇩鱁鮧《うるか》〔22頁〕

**苦うるか**　にがうるか　晩秋　⇩鱁鮧〔同右〕

**衣被**　きぬかつぎ　初秋

里芋を皮つきのまま茹でるか蒸すかして、皮を剥きながら食べるもの。

6音　**黒いもむし**

**薯蕷汁**　とろろじる　晩秋

3音　**とろろ**

4音　**薯汁《いもじる》　薯粥《いもがゆ》　麦とろ　蕎麦とろ**

**とろろ飯**　とろろめし　晩秋　⇨薯蕷汁

**とろろ蕎麦**　とろろそば　晩秋　⇨薯蕷汁

例　さやうなら笑窪荻窪とろろそば　攝津幸彦

**走り蕎麦**　はしりそば　晩秋　⇩新蕎麦〔52頁〕

**新豆腐**　しんどうふ　晩秋

例　直線のふくらんでゐる新豆腐　津川絵理子

**秋ともし**　あきともし　三秋　⇩秋の灯〔52頁〕

**秋の宿**　あきのやど　三秋

4音　**秋の戸　あきのと**

6音　**秋の庵《いおり》**

**秋の家**　あきのいえ　あきのいへ　三秋　⇨秋の宿

**秋の蚊帳／秋の幮**　あきのかや　三秋

例　筆も墨も溲瓶《しびん》も内に秋の蚊帳　正岡子規

4音　**秋蚊帳《あきがや》**

6音　**蚊帳の名残《なごり》　蚊帳の別《わか》れ**

**別れ蚊帳**　わかれがや　三秋　⇨秋の蚊帳

**九月蚊帳**　くがつがや　くぐわつがや　三秋　⇨秋の蚊帳

**扇置く**　おうぎおく　あふぎおく　初秋

6音　**忘れ扇《おうぎ》　忘れ団扇《うちわ》**

**団扇置く**　うちわおく　うちはおく　初秋　⇨扇置く

**捨扇**　すておうぎ　すてあふぎ　初秋　⇨扇置く

**捨団扇**　すてうちわ　すてうちは　初秋　⇨扇置く

**秋扇**　あきおうぎ　あきあふぎ　初秋

4音　**秋扇《しゅうせん》**

6音　**秋の扇《おうぎ》**

**秋団扇**　あきうちわ　あきうちは　初秋　⇨秋扇

**秋日傘**　あきひがさ　初秋

**秋起し**　あきおこし　三秋　⇩秋耕《しゅうこう》〔53頁〕

**秋簾**　あきすだれ　仲秋

3音　**秋簾《あきす》**

6音　**簾名残《すだれなごり》　簾納《おさ》む　簾外《はず》す**

7音　**簾の名残《なごり》　簾の別《わか》れ**

**障子干す**　しょうじほす　しやうじほす　仲秋　⇩障子洗ふ〔143頁〕

**障子貼る**　しょうじはる　しやうじはる　仲秋

**松手入**　まつていれ　晩秋

**名残の茶**　なごりのちゃ　晩秋　⇩風炉《ふろ》の名残《なごり》〔143頁〕

**風炉名残**　ふろなごり　晩秋　⇩風炉の名残〔同右〕

**冬支度**　ふゆじたく　晩秋

**冬用意**　ふゆようい　晩秋　⇨冬支度

**雪支度**　ゆきじたく　晩秋　⇨冬支度

**ばつたんこ**　ばったんこ　三秋　⇩添水《そうず》〔22頁〕

**鹿威し**　ししおどし　三秋　⇩添水〔同右〕

**捨案山子**　すてかがし　三秋　⇩案山子〔23頁〕

**遠案山子**　とおかがし　とほかがし　三秋　⇩案山子〔同右〕

**鳴子縄**　なるこなわ　なるこなは　三秋　⇩鳴子《なるこ》〔23頁〕

**鳴子綱**　なるこづな　三秋　⇩鳴子〔同右〕

**鳴子守**　なるこもり　三秋　⇩鳴子〔同右〕

**鳴子引**　なるこびき　三秋　⇩鳴子〔同右〕

**鳴子番**　なるこばん　三秋　⇩鳴子〔同右〕

**鳥威し**　とりおどし　三秋

鳥を脅して稲田を守る仕掛けの総称。案山子〔23頁〕、鳴子〔同〕など。

**威し銃**　おどしづつ　三秋

**威し銃**　おどしじゅう　三秋　⇨威し銃

**猪威し**　ししおどし　三秋　⇨威し銃

**田番小屋**　たばんごや　三秋　⇩田守《たもり》〔23頁〕

**虫送り**　むしおくり　仲秋

農作物の害虫を駆除して豊作を祈願する行事。

4音　**虫追《むしおい》**

6音 田虫送《たむしおく》り
7音 稲虫送《いなむしおく》り　実盛祭《さねもりまつり》　実盛送《さねもりおくり》

**虫供養**　むしくよう　むしくやう　仲秋　⇨虫送り

**鹿火屋守**　かびやもり　三秋　⇩鹿火屋《かびや》〔23頁〕

例 淋しさにまた銅鑼打つや鹿火屋守　原石鼎

**落し水**　おとしみず　おとしみづ　仲秋　⇩田水落す〔143頁〕

**水落す**　みずおとす　みづおとす　仲秋　⇩田水落す〔同右〕

**堰外す**　せきはずす　仲秋　⇩田水落す〔同右〕

**陸稲刈る**　おかぼかる　仲秋　⇩稲刈〔53頁〕

**鎌はじめ**　かまはじめ　仲秋　⇩稲刈〔同右〕

**中稲刈る**　なかてかる　仲秋　⇩稲刈〔同右〕

**晩稲刈る**　おくてかる　仲秋　⇩稲刈〔同右〕

**稲車**　いなぐるま　仲秋　⇩稲刈〔同右〕

**秋田刈る**　あきたかる　仲秋　⇩稲刈〔同右〕

**稲刈機**　いねかりき　仲秋　⇩稲刈〔同右〕

**脱穀機**　だっこくき　仲秋　⇩稲扱《いねこき》〔54頁〕

**稲扱機**　いねこきき　仲秋　⇩稲扱〔同右〕

例 天よりのひなたを受けて稲扱機　八田木枯

**稲埃**　いなぼこり　仲秋　⇩稲扱〔同右〕

**籾筵**　もみむしろ　仲秋　⇩籾《もみ》〔10頁〕

**籾埃**　もみぼこり　仲秋　⇩籾〔同右〕

**秋収**　あきおさめ　仲秋

稲の収穫が終わった後の祝い。

4音 秋揚《あきあ》げ　田仕舞《たじまい》
6音 筵叩《むしろたた》き

**秋仕舞**　あきじまい　あきじまひ　仲秋　⇨秋収

**土洗ひ**　つちあらい　つちあらひ　仲秋　⇨秋収

**庭仕舞**　にわじまい　にはじまひ　仲秋　⇨秋収

**豊の秋**　とよのあき　仲秋　⇩豊年〔54頁〕

**今年藁**　ことしわら　仲秋　⇩新藁〔55頁〕

**藁砧**　わらきぬた　仲秋　⇩新藁〔同右〕

**砧打つ**　きぬたうつ　三秋　⇩砧《きぬた》〔24頁〕

**衣打つ**　ころもうつ　三秋　⇩砧〔同右〕

**砧盤**　きぬたばん　三秋　⇩砧〔同右〕

**砧槌**　きぬたづち　三秋　⇩砧〔同右〕

**夕砧**　ゆうきぬた　ゆふきぬた　三秋　⇩砧〔同右〕

**小夜砧**　さよきぬた　三秋　⇩砧〔同右〕

**宵砧**　よいきぬた　よひきぬた　三秋　⇩砧〔同右〕

**遠砧**　とおきぬた　とほきぬた　三秋　⇩砧〔同右〕

**紙砧**　かみきぬた　三秋　⇩砧〔同右〕

**葛砧**　くずきぬた　三秋　⇩砧〔同右〕

**綿車**　わたぐるま　三秋　⇩綿取〔55頁〕

**今年綿**　ことしわた　晩秋　⇩新綿〔55頁〕

**今年絹**　ことしぎぬ　三秋　⇩新絹〔55頁〕

**菜種蒔く**　なたねまく　三秋　⇩秋蒔《あきまき》〔55頁〕

**紫雲英蒔く**　げんげまく　三秋　⇩秋蒔〔同右〕

**薬掘る**　くすりほる　仲秋

山野で薬草を採取すること。

5音

## 6音　薬草掘《やくそうほ》る

**薬採る**　くすりとる　仲秋　⇨薬掘る

**大豆引く**　だいずひく　だいづひく　仲秋　⇩豆引く〔56頁〕

**小豆引く**　あずきひく　あづきひく　仲秋　⇩豆引く〔同右〕

**豆叩く**　まめたたく　仲秋　⇩豆干す〔56頁〕

**大豆干す**　だいずほす　だいづほす　仲秋　⇩豆干す〔同右〕

**大豆打つ**　だいずうつ　だいづうつ　仲秋　⇩豆干す〔同右〕

**小豆干す**　あずきほす　あづきほす　仲秋　⇩豆干す〔同右〕

**小豆打つ**　あずきうつ　あづきうつ　仲秋　⇩豆干す〔同右〕

**豆筵**　まめむしろ　仲秋　⇩豆干す〔同右〕

**牛蒡引く**　ごぼうひく　ごばうひく　三秋

**牛蒡掘る**　ごぼうほる　ごばうほる　三秋　⇨牛蒡引く

**胡麻叩く**　ごまたたく　仲秋　⇩胡麻刈る〔56頁〕

**胡麻筵**　ごまむしろ　仲秋　⇩胡麻刈る〔同右〕

**萩括る**　はぎくくる　晩秋　⇩萩刈る〔56頁〕

**木賊刈る**　とくさかる　仲秋

**牧閉す** まきとざす 晩秋
牛や馬の放牧を終え、厩舎に戻すこと。

**小鳥狩** ことりがり 晩秋
渡ってきた小鳥を網を張って捕らえること。

2音 **鳥屋《とや》**

3音 **鳥屋師《とやし》**

4音 **ひるてん**

**小鳥網** ことりあみ 晩秋 ⇨小鳥狩

**霞網** かすみあみ 晩秋 ⇨小鳥狩

**囮番** おとりばん 晩秋 ⇩囮《おとり》〔24頁〕

**囮守** おとりもり 晩秋 ⇩囮〔同右〕

**囮籠** おとりかご 晩秋 ⇩囮〔同右〕

**下り簗** くだりやな 仲秋
産卵後に川を下る魚を捕らえる仕掛け。遡る魚を捕らえるのは上《のぼ》り簗《やな》（三春）。

**崩れ梁** くずれやな くづれやな 晩秋
漁を終えて放置された下り簗が崩れてしまった様。

**鮭番屋** さけばんや 晩秋 ⇩鮭打《さけうち》〔57頁〕

**根魚釣** ねうおづり ねうをづり 仲秋 ⇩根釣《ねづり》〔24頁〕

**相撲取** すもうとり すまふとり 初秋 ⇩相撲〔24頁〕

**辻相撲** つじずもう つじずまふ 初秋 ⇩相撲〔同右〕

**草相撲** くさずもう くさずまふ 初秋 ⇩相撲〔同右〕

**宮相撲** みやずもう みやずまふ 初秋 ⇩相撲〔同右〕

**大相撲** おおずもう おほずまふ 初秋 ⇩相撲〔同右〕

**勝相撲** かちずもう かちずまふ 初秋 ⇩相撲〔同右〕

**負相撲** まけずもう まけずまふ 初秋 ⇩相撲〔同右〕

**相撲札** すもうふだ すまふふだ 初秋 ⇩相撲〔同右〕

**土俵入り** どひょういり どへういり 初秋 ⇩相撲〔同右〕

**九月場所** くがつばしょ くぐわつばしよ 仲秋 ⇩秋場所〔57頁〕

**月祭る** つきまつる 仲秋 ⇩月見〔25頁〕

**月の宴** つきのえん 仲秋 ⇩月見〔同右〕

**月を待つ**　つきをまつ　仲秋　⇩月見〔同右〕

例　月を待つおはぎにかけし白砂糖　永井龍男

**月の宿**　つきのやど　仲秋　⇩月見〔同右〕

**月見舟**　つきみぶね　仲秋　⇩月見〔同右〕

**月の客**　つきのきゃく　仲秋　⇩月見〔同右〕

例　一本の楊枝のこして月の客　鷹羽狩行

**月見酒**　つきみざけ　仲秋　⇩月見〔同右〕

**月見茶屋**　つきみぢゃや　仲秋　⇩月見〔同右〕

**月見茣蓙**　つきみござ　仲秋　⇩月見〔同右〕

**片見月**　かたみづき　仲秋　⇩月見〔同右〕

十五夜と十三夜のどちらか一方しか見ないこと。縁起が悪いとされる。

**海嬴廻し**　ばいまわし　ばいまはし　晩秋

海嬴《ばい》貝《がい》を独楽《こま》にして遊ぶこと。転訛《てんか》してベーゴマになった。

4音　**海嬴《ばい》独楽《ごま》**　**べい独楽《ごま》**　**海嬴《ばい》打《う》ち**

**菊花展**　きっかてん　きくくわてん　晩秋

4音　**菊展《きくてん》**

**茸狩**　きのこがり　晩秋　⇩茸狩《たけがり》〔57頁〕

**茸取り**　きのことり　晩秋　⇩茸狩〔同右〕

例　案内の宿に長居や菌狩《きのこがり》　高浜虚子

**茸籠**　きのこかご　晩秋　⇩茸狩〔同右〕

**茸山**　きのこやま　晩秋　⇩茸狩〔同右〕

**茸汁**　きのこじる　晩秋

**紅葉狩**　もみじがり　もみぢがり　晩秋

4音　**紅葉見《もみじみ》**　**観楓《かんぷう》**

**紅葉踏む**　もみじふむ　もみぢふむ　晩秋　⇨紅葉狩

**紅葉酒**　もみじざけ　もみぢざけ　晩秋　⇨紅葉狩

**紅葉茶屋**　もみじぢゃや　もみぢぢゃや　晩秋　⇨紅葉狩

**紅葉舟**　もみじふね　もみぢふね　晩秋　⇨紅葉狩

**夜学生**　やがくせい　三秋　⇩夜学〔25頁〕

**夜学校**　やがっこう　やがくかう　三秋　⇩夜学〔同右〕

**芋煮会**　いもにかい　いもにくわい　晩秋

**休暇明**　きゅうかあけ　きうかあけ　初秋

八月が終わり夏季休暇が終わること。

### 4音　二《に》学期《がっき》

**休暇果つ**　きゅうかはつ　きうかはつ　初秋　⇨休暇明

**秋あはれ**　あきあわれ　あきあはれ　三秋　⇩秋思〔25頁〕

**秋さびし**　あきさびし　三秋　⇩秋思〔同右〕

## 5音　行事

**今日の菊**　きょうのきく　けふのきく　晩秋　⇩重陽《ちょうよう》〔58頁〕

**三九日**　さんくにち　晩秋　⇩重陽〔同右〕

**菊枕**　きくまくら　晩秋

乾燥させた菊の花弁を詰めた枕。

### 6音　菊の枕

**菊の酒**　きくのさけ　晩秋　⇩菊酒〔58頁〕

**終戦忌**　しゅうせんき　初秋　⇩終戦記念日〔174頁〕

例　終戦忌頭が禿げてしまひけり　藤田湘子

**敗戦忌**　はいせんき　初秋　⇩終戦記念日〔同右〕

**終戦日**　しゅうせんび　初秋　⇩終戦記念日〔同右〕

**敗戦日**　はいせんび　初秋　⇩終戦記念日〔同右〕

例　敗戦日の午前短し午後長し　三橋敏雄

**震災忌**　しんさいき　初秋　⇩関東大震災の日〔182頁〕

**敬老日**　けいろうび　けいらうび　仲秋　⇩敬老の日〔144頁〕

**文化の日**　ぶんかのひ　晩春

例　秒針のきざみて倦まず文化の日　久保田万太郎

**明治節**　めいじせつ　晩春　⇨文化の日

**秋祭**　あきまつり　三秋

例　石段のはじめは地べた秋祭　三橋敏雄

例　寄り合うてまだ四五人の秋祭　下坂速穂

**在祭**　ざいまつり　三秋　⇨秋祭

**村祭**　むらまつり　三秋　⇨秋祭

**里祭**　さとまつり　三秋　⇨秋祭

**赤い羽根** あかいはね 仲秋

例 エレベーターの中に鏡や赤い羽根 木本隆行

**愛の羽根** あいのはね 仲秋 ⇨赤い羽根

**星祭** ほしまつり 初秋 ⇩七夕〔58頁〕

例 電話みな番号を持ち星祭 山口優夢

**星祭る** ほしまつる 初秋 ⇩七夕〔同右〕

**星祝** ほしいわい ほしいわひ 初秋 ⇩七夕〔同右〕

**星の秋** ほしのあき 初秋 ⇩七夕〔同右〕

**秋七日** あきなぬか 初秋 ⇩七夕〔同右〕

**星今宵** ほしこよい ほしこよひ 初秋 ⇩七夕〔同右〕

**乞巧奠** きこうでん きかうでん 初秋 ⇩七夕〔同右〕

**星迎** ほしむかえ ほしむかへ 初秋 ⇩星合《ほしあい》〔59頁〕

**星逢ふ夜** ほしあうよ ほしあふよ 初秋 ⇩星合〔同右〕

**星の恋** ほしのこい ほしのこひ 初秋 ⇩星合〔同右〕

**別れ星** わかれぼし 初秋 ⇩星合〔同右〕

**星の閨** ほしのねや 初秋 ⇩星合〔同右〕



**星の妻** ほしのつま 初秋 ⇩織女《しょくじょ》〔25頁〕

**百子姫** ももこひめ 初秋 ⇩七姫〔59頁〕

**秋遍路** あきへんろ 三秋

**盂蘭盆会** うらぼんえ うらぼんゑ 初秋 ⇩盆〔10頁〕

**盆祭** ぼんまつり 初秋 ⇩盆〔同右〕

**迎盆** むかえぼん むかへぼん 初秋 ⇩盆〔同右〕

**魂祭／霊祭** たままつり 初秋

祖霊を祀る行事。元は旧暦七月の盆に行われた。

4音 **盆棚《ぼんだな》 魂棚《たまだな》／霊棚《たまだな》 棚経《たなぎょう》**

6音 **精霊棚《しょうりょうだな》／聖霊棚《しょうりょうだな》**

7音 **精霊祭《しょうりょうまつり》／聖霊祭《しょうりょうまつり》**

**生身魂** いきみたま 初秋

盆の時期に、存命の親を敬う作法。また、年長者への敬称。

例 総ルビの本の匂ひや生身魂 秦夕美

**苧殻焚く** おがらたく をがらたく 初秋 ⇩門火《かどび》〔26頁〕

**魂迎**　たまむかえ　たまむかへ　初秋　⇩迎火《むかえび》〔60頁〕

**茄子の馬**　なすのうま　初秋

茄子や胡瓜に苧殻《おがら》〔26頁〕の足をつけたもの。盆のとき魂棚《たまだな》〔59頁〕や家の前に供える。

**瓜の馬**　うりのうま　初秋　⇨茄子の馬

**茄子の牛**　なすのうし　初秋　⇨茄子の馬

**瓜の牛**　うりのうし　初秋　⇨茄子の馬

**迎馬**　むかえうま　むかへうま　初秋　⇨茄子の馬

**送馬**　おくりうま　初秋　⇨茄子の馬

**墓参**　はかまいり　はかまゐり　初秋

3音　**墓参**《ぼさん》　**展墓**《てんぼ》

4音　**掃苔**《そうたい》

**墓詣**　はかもうで　はかまうで　初秋　⇨墓参

**墓掃除**　はかそうじ　はかさうぢ　初秋　⇨墓参

**墓洗ふ**　はかあらう　はかあらふ　初秋　⇨墓参

例　風は歌雲は友なる墓洗ふ　岸本尚毅

**流灯会**　りゅうとうえ　りうとうゑ　初秋　⇩灯籠流《とうろうながし》〔162頁〕

**送盆**　おくりぼん　初秋

盆〔10頁〕の最後の日。

6音　**盆供流**《ぼんぐながし》

**二十日盆**　はつかぼん　初秋　⇨送盆

**仕舞盆**　しまいぼん　しまひぼん　初秋　⇨送盆

**とぼし揚**　とぼしあげ　初秋　⇨送盆

**魂送**　たまおくり　初秋　⇩送火《おくりび》〔60頁〕

**地蔵盆**　じぞうぼん　ぢざうぼん　初秋

地蔵菩薩の縁日。八月下旬に多く行われる。

例　この家は物呉るる家地蔵盆　岸本尚毅

4音　**地蔵会**《じぞうえ》

6音　**地蔵祭**《じぞうまつり》　**地蔵参**《じぞうまいり》　**地蔵詣**《じぞうもうで》

8音　**六地蔵詣**《ろくじぞうまいり》

**辻祭**　つじまつり　初秋　⇨地蔵盆

**地蔵幡**　じぞうばた　ぢざうばた　初秋　⇨地蔵盆

**草の市**　くさのいち　初秋　⇩草市〔60頁〕
**盆の市**　ぼんのいち　初秋　⇩草市〔同右〕
**真菰売**　まこもうり　初秋　⇩草市〔同右〕
**盆用意**　ぼんようい　初秋
**盆支度**　ぼんじたく　初秋　⇨盆用意
**七日盆**　なぬかぼん　初秋
　七月七日。盆の準備を始める日。
4音 **七日日《なぬかび》**
**盆始め**　ぼんはじめ　初秋　⇨七日盆
**磨き盆**　みがきぼん　初秋　⇨七日盆
**盆休**　ぼんやすみ　初秋
7音 **盆の藪入《やぶいり》**
**盆帰省**　ぼんきせい　初秋
**お中元**　おちゅうげん　初秋　⇩中元〔60頁〕
**盆見舞**　ぼんみまい　ぼんみまひ　初秋　⇩中元〔同右〕
**盆踊**　ぼんおどり　ぼんをどり　初秋　⇩踊〔26頁〕
例 盆踊佃はいまも水まみれ　八田木枯
**音頭取**　おんどとり　初秋　⇩踊〔同右〕
**踊笠**　おどりがさ　をどりがさ　初秋　⇩踊〔同右〕
**辻踊**　つじおどり　つじをどり　初秋　⇩踊〔同右〕
**踊唄**　おどりうた　をどりうた　初秋　⇩踊〔同右〕
**阿波おどり**　あわおどり　あはをどり　初秋
**風の盆**　かぜのぼん　初秋
　富山市八尾《やつお》の盆行事。毎年九月一日〜三日。
6音 **おわら祭《まつり》**
9音 **八尾《やつお》の廻《まわ》り盆《ぼん》**
**地狂言**　じきょうげん　ぢきやうげん　晩秋　⇩地芝居《じしばい》〔61頁〕
**村芝居**　むらしばい　むらしばゐ　晩秋　⇩地芝居〔同右〕
**村歌舞伎**　むらかぶき　晩秋　⇩地芝居〔同右〕
**六斎会**　ろくさいえ　ろくさいゑ　初秋　⇩六斎念仏《ろくさいねんぶつ》〔174頁〕
**迎鐘**　むかえがね　むかへがね　初秋　⇩六道参《ろくどうまいり》〔163頁〕
**生姜市**　しょうがいち　しやうがいち　仲秋　⇩芝神明祭《しばしんめいまつり》〔177頁〕

**大文字**　だいもんじ　初秋

八月一六日、京都・如意ヶ岳の西中腹に大の字をかたどった薪に火をつける送り火。

例　その一角が大文字消えし闇　田中裕明

7音　**五《ご》山《ざん》送《おく》り火《び》**

**奉灯会**　ほうとうえ　ほうとうゑ　初秋

弘法大師忌の前日、八月二〇日、嵯峨大覚寺（京都市右京区）の法会。

6音　**宵弘法《よいこうぼう》**

8音　**万灯万華《まんとうまんげ》会《え》**

**万灯会**　まんとうえ　まんとうゑ　初秋　⇨奉灯会

**放ち鳥**　はなちどり　仲秋　⇩八《や》幡《わた》放生会《ほうじょうえ》〔174頁〕

**放ち亀**　はなちがめ　仲秋　⇩八幡放生会〔同右〕

**秋思祭**　しゅうしさい　しうしさい　仲秋

菅原道真の漢詩「秋思詩篇独断帳」にちなむ祭典。大阪天満宮では旧暦八月一五日、太宰府天満宮では旧暦九月一〇日。

**菊供養**　きくくよう　きくくやう　晩秋

一〇月一八日（旧暦九月九日、重陽の日）、浅草寺（東京都台東区）の菊供養。

**牛祭**　うしまつり　晩秋　⇩太秦の牛祭〔180頁〕

**摩多羅神**　まだらじん　晩秋　⇩太秦の牛祭〔同右〕

**聖母祭**　せいぼさい　初秋　⇩被昇天祭〔164頁〕

**ハロウィーン**　晩秋　⇩ハロウィン〔61頁〕

**柳叟忌**　りゅうそうき　りうそうき　初秋　⇩国男忌〔61頁〕

**立秋忌**　りっしゅうき　りつしうき　初秋　⇩普羅忌〔26頁〕

**白日忌**　はくじつき　初秋　⇩水巴《すいは》忌《き》〔61頁〕

**藤村忌**　とうそんき　初秋

八月二二日。小説家・詩人、島崎藤村（一八七二〜一九四三）の忌日。

**底紅忌**　そこべにき　初秋　⇩夜《や》半忌《はんき》〔61頁〕

**迢空忌**　ちょうくうき　てうくうき　初秋

九月三日。民俗学者・国文学者／歌人、折口信夫／釋迢空（一八八七〜一九五三）の忌日。

## 4音

**信夫《しのぶ》忌《き》**

**みどり女忌**　みどりじょき　みどりぢょき　仲秋
九月一〇日。俳人、阿部みどり女（一八八六〜一九八〇）の忌日。

**静塔忌**　せいとうき　せいたふき　仲秋
九月一一日。俳人、平畑静塔（一九〇五〜九七）の忌日。

**希典忌**　まれすけき　仲秋　⇩乃木《のぎ》忌〔27頁〕

**乃木祭**　のぎまつり　仲秋　⇩乃木忌〔同右〕

**鳳作忌**　ほうさくき　仲秋
九月一一日。俳人、篠原鳳作（一九〇六〜三六）の忌日。

**牧水忌**　ぼくすいき　仲秋
九月一七日。歌人、若山牧水（一八八五〜一九二八）の忌日。

**山人忌**　さんじんき　仲秋　⇩露《ろ》月忌《げつき》〔62頁〕

**獺祭忌**　だっさいき　仲秋　⇩子規忌〔27頁〕

**竜胆忌**　りんどうき　りんだうき　仲秋　⇩かな女忌〔62頁〕

**南洲忌**　なんしゅうき　なんしうき　仲秋
九月二四日。政治家・軍人、西郷隆盛（一八二八〜七七）の忌日。

**西郷忌**　さいごうき　さいがうき　仲秋　⇨南洲忌

**隆盛忌**　たかもりき　仲秋　⇨南洲忌

**金風忌**　きんぷうき　仲秋　⇩素十忌《すじゅうき》〔63頁〕

**源義忌**　げんよしき　晩秋
一〇月二七日。俳人・出版人、角川源義（一九一七〜七五）の忌日。

**秋燕忌**　しゅうえんき　しうえんき　晩秋　⇨源義忌

**城雲忌**　じょううんき　じやううんき　晩秋　⇩東洋城忌〔164頁〕

**城翁忌**　じょうおうき　じやうをうき　晩秋　⇩東洋城忌〔同右〕

**紅葉忌**　こうようき　こうえふき　晩秋
一〇月三〇日。小説家、尾崎紅葉（一八六八〜一九〇三）

の忌日。

**白秋忌**　はくしゅうき　はくしうき　晩秋

一一月二日。詩人・童謡作家、北原白秋（一八八五～一九四二）の忌日。

**桂郎忌**　けいろうき　けいらうき　晩秋

一一月六日。俳人、石川桂郎（一九〇九～七五）の忌日。

**含羞忌**　がんしゅうき　がんしうき　晩秋　⇨桂郎忌

**鬼貫忌**　おにつらき　初秋

旧暦八月二日。俳諧師、上島鬼貫（一六六一～一七三八）の忌日。

6音　**槿花《きんか》翁忌《おうき》**

**守武忌**　もりたけき　仲秋

旧暦八月八日。連歌師、荒木田守武（一四七三～一五四九）の忌日。

**西鶴忌**　さいかくき　仲秋

旧暦八月一〇日。浮世草子作者・俳諧師、井原西鶴（一六四二～九三）の忌日。

**不夜庵忌**　ふやあんき　仲秋　⇩太祇忌《たいぎき》〔63頁〕

**太閤忌**　たいこうき　たいかふき　仲秋

旧暦八月一八日。武将・戦国大名、豊臣秀吉（一五三七～九八）の忌日。

**秀吉忌**　ひでよしき　仲秋　⇨太閤忌

**道元忌**　どうげんき　だうげんき　仲秋

旧暦八月二八日。曹洞宗の開祖、道元（一二〇〇～五三）の忌日。

**広重忌**　ひろしげき　晩秋

旧暦九月六日。浮世絵師、歌川（安藤）広重（一七九七～一八五八）の忌日。

**若冲忌**　じゃくちゅうき　晩秋

旧暦九月一〇日。画家、伊藤若冲（一七一六～一八〇〇）の忌日。

**保己一忌**　ほきいちき　晩秋

旧暦九月一二日。国学者、塙保己一（一七四六〜一八二一）の忌日。

**覚猷忌** かくゆうき　かくいうき　晩秋　⇩鳥羽僧正忌〔164頁〕

**言水忌** ごんすいき　晩秋

旧暦九月二四日。俳人、池西言水（一六五〇〜一七二二）の忌日。

**宣長忌** のりながき　晩秋

旧暦九月二九日。国学者、本居宣長（一七三〇〜一八〇一）の忌日。

**鈴の屋忌** すずのやき　晩秋　⇨宣長忌

## 5音　動物

**紅葉鳥** もみじどり　もみぢどり　三秋　⇩鹿〔10頁〕

**鹿の妻** しかのつま　三秋　⇩鹿〔同右〕

**鹿の声** しかのこえ　しかのこゑ　三秋　⇩鹿〔同右〕

**山鯨** やまくじら　やまくぢら　晩秋　⇩猪《いのしし》〔65頁〕

**秋の馬** あきのうま　三秋　⇩馬肥ゆ〔65頁〕

**秋の駒** あきのこま　三秋　⇩馬肥ゆ〔同右〕

**熊の棚** くまのたな　晩秋　⇩熊栗架《くまくりだな》を掻《か》く〔178頁〕

**秋の蛇** あきのへび　仲秋　⇩蛇穴に入る〔164頁〕

**穴惑** あなまどい　あなまどひ　仲秋　⇩蛇穴に入る〔同右〕

例　穴惑山の日射の痛からむ　大島雄作

**鳥屋勝** とやまさり　初秋　⇩鷹《たか》の塒出《とやで》〔147頁〕

**山別れ** やまわかれ　初秋　⇩鷹の山別れ〔175頁〕

**別れ鳥** わかれどり　初秋　⇩鷹の山別れ〔同右〕

**山帰り** やまがえり　やまがへり　初秋　⇩鷹の山別れ〔同右〕

**小隼** こはやぶさ　三秋　⇩小鷹《こたか》〔27頁〕

**鷹渡る** たかわたる　三秋

鷹が北方から渡ってくること。

6音　**鷹の渡り**

**秋の鷹** あきのたか　三秋　⇨鷹渡る

**鷹柱** たかばしら　三秋　⇨鷹渡る

**渡り鳥**　わたりどり　仲秋・晩秋

6音　**鳥の渡り**　**小鳥渡る**

7音　**朝鳥《あさどり》渡る**

**鳥渡る**　とりわたる　仲秋・晩秋　⇨渡り鳥

例　鳥わたるこきこきこきと罐切れば　秋元不死男

例　新宿ははるかなる墓碑鳥渡る　福永耕二

**小鳥来る**　ことりくる　仲秋・晩秋　⇨渡り鳥

例　小鳥来るほほゑみに似て疎なる川　安里琉太

例　追憶はおとなの遊び小鳥来る　仁平勝

**秋燕**　あきつばめ　仲秋　⇩燕帰る〔148頁〕

**去ぬ燕**　いぬつばめ　仲秋　⇩燕帰る〔同右〕

**稲雀**　いなすずめ　三秋

熟した稲をついばむ雀。

**鵙猛る**　もずたける　三秋　⇩鵙《もず》〔10頁〕

**鵙の声**　もずのこえ　もずのこゑ　三秋　⇩鵙〔同右〕

**鵙日和**　もずびより　三秋　⇩鵙〔同右〕

**鵙の晴**　もずのはれ　三秋　⇩鵙〔同右〕

**鵙の贄**　もずのにえ　もずのにへ　三秋

鵙が捕らえて枝や棘に刺しておいた虫などを贄（貢《みつ》ぎ物）に譬《たと》えたもの。

7音　**鵙の速贄《はやにえ》**　**鵙の贄刺《にえさし》**　**鵙の草茎《くさぐき》**

8音　**鵙の磔刑餌《はりつけえ》**

**小紅鶸**　こべにひわ　こべにひは　晩秋　⇩鶸《ひわ》〔11頁〕

**金翅雀**　きんしじゃく　晩秋　⇩鶸〔同右〕

**緋連雀**　ひれんじゃく　晩秋　⇩連雀《れんじゃく》〔66頁〕

**黄連雀**　きれんじゃく　晩秋　⇩連雀〔同右〕

**猿子鳥／増子鳥**　ましこどり　晩秋

アトリ科の鳥。全体に赤に近い褐色。

3音　**猿子《ましこ》**

7音　**銀山猿子《ぎんざんましこ》**

**紅猿子**　べにましこ　晩秋　⇨猿子鳥

**大猿子**　おおましこ　おほましこ　晩秋　⇨猿子鳥

**萩猿子**　はぎましこ　晩秋　⇨猿子鳥
**赤猿子**　あかましこ　晩秋　⇨猿子鳥
**尉鶲**　じょうびたき　晩秋　⇩鶲《ひたき》〔28頁〕
**火焚鳥**　ひたきどり　晩秋　⇩鶲〔同右〕
**紋鶲**　もんびたき　晩秋　⇩鶲〔同右〕
**団子背負ひ**　だんごしょい　だんごしよひ　晩秋　⇩鶲〔同右〕
**石叩**　いしたたき　三秋　⇩鶺鴒《せきれい》〔66頁〕
**庭叩**　にわたたき　にはたたき　三秋　⇩鶺鴒〔同右〕
**嫁鳥**　とつぎどり　三秋　⇩鶺鴒〔同右〕
**妹背鳥**　いもせどり　三秋　⇩鶺鴒〔同右〕
**黄鶺鴒**　きせきれい　三秋　⇩鶺鴒〔同右〕
**畦雲雀**　あぜひばり　仲秋・晩秋　⇩田雲雀《たひばり》〔66頁〕
**溝雲雀**　みぞひばり　仲秋・晩秋　⇩田雲雀〔同右〕
**土雲雀**　つちひばり　仲秋・晩秋　⇩田雲雀〔同右〕
**川雲雀**　かわひばり　かはひばり　仲秋・晩秋　⇩田雲雀〔同右〕
**犬雲雀**　いぬひばり　仲秋・晩秋　⇩田雲雀〔同右〕

**小椋鳥**　こむくどり　三秋　⇩椋鳥〔66頁〕
**唐鴉**　とうがらす　たうがらす　三秋　⇩鵲《かささぎ》〔66頁〕
**勝鴉**　かちがらす　三秋　⇩鵲〔同右〕
**片鶉**　かたうずら　かたうづら　三秋　⇩鶉《うずら》〔28頁〕
**諸鶉**　もろうずら　もろうづら　三秋　⇩鶉〔同右〕
**駆鶉**　かけうずら　かけうづら　三秋　⇩鶉〔同右〕
**けらつつき**　三秋　⇩啄木鳥《きつつき》〔67頁〕
**番匠鳥**　たくみどり　三秋　⇩啄木鳥〔同右〕
**三趾げら**　みゆびげら　三秋　⇩啄木鳥〔同右〕
**桃花鳥**　とうかちょう　たうくわてう　三秋　⇩鴇《とき》〔11頁〕
**沼太郎**　ぬまたろう　ぬまたらう　晩秋　⇩雁《かり》〔11頁〕
**小田の雁**　おだのかり　をだのかり　晩秋　⇩雁〔同右〕
**雁渡る**　かりわたる　晩秋　⇩雁〔同右〕
例　みな大き袋を負へり雁渡る　西東三鬼
例　ともしびのひとつは我が家雁わたる　桂信子
**天津雁**　あまつかり　晩秋　⇩雁〔同右〕

**雁の棹**　かりのさお　かりのさを　晩秋　⇩雁〔同右〕
**雁の列**　かりのつら　晩秋　⇩雁〔同右〕
**雁の声**　かりのこえ　かりのこゑ　晩秋　⇩雁〔同右〕
**鴨渡る**　かもわたる　仲秋　⇩初鴨〔67頁〕
**鴨来る**　かもきたる　仲秋　⇩初鴨〔同右〕
**鶴来る**　つるきたる　晩秋
**鶴渡る**　つるわたる　晩秋　⇨鶴来る
**田鶴渡る**　たづわたる　晩秋　⇨鶴来る
**海猫帰る**　ごめかえる　ごめかへる　仲秋　⇩海猫《うみねこ》帰る〔165頁〕
**残る海猫**　のこるごめ　仲秋　⇩海猫帰る〔同右〕
**海猫残る**　ごめのこる　仲秋　⇩海猫帰る〔同右〕
**下り鮎**　くだりあゆ　仲秋　⇩落鮎〔68頁〕
**とまり鮎**　とまりあゆ　仲秋　⇩落鮎〔同右〕
**秋の鮎**　あきのあゆ　仲秋　⇩落鮎〔同右〕
**子持鮎**　こもちあゆ　仲秋　⇩落鮎〔同右〕
**秋の鮒**　あきのふな　晩秋　⇩落鮒〔68頁〕

**紅葉鮒**　もみじぶな　もみぢぶな　晩秋
鰭が赤く変色した鮒。

**落鰻**　おちうなぎ　三秋
産卵のため川を下る鰻。
6音 **下《くだ》り鰻**

**鰻落つ**　うなぎおつ　三秋　⇨落鰻

**江鮭／鯇魚／雨の魚**　あめのうお　あめのうを　仲秋
サケ科の淡水魚。産卵期、大雨の日に川を遡上する。
2音 **あめ**
3音 **あめご　甘子《あまご》**
4音 **雨魚《あめうお》　琵琶鱒《びわます》**

**川鰍**　かわかじか　かはかじか　三秋　⇩鰍《かじか》〔28頁〕
**川をこぜ**　かわおこぜ　かはをこぜ　三秋　⇩鰍〔同右〕
**鰍突く**　かじかつく　三秋　⇩鰍〔同右〕
**目白鯔**　めじろぼら　仲秋　⇩鯔《ぼら》〔12頁〕
**川鱸**　かわすずき　かはすずき　仲秋　⇩鱸《すずき》〔29頁〕

**海鱸**　うみすずき　仲秋　⇩鱸〔同右〕
**鱸網**　すずきあみ　仲秋　⇩鱸〔同右〕
**鯊日和**　はぜびより　三秋　⇩鯊《はぜ》〔12頁〕
例 寄り添うてわれは釣らずよ鯊日和　三橋鷹女
**鯊の秋**　はぜのあき　三秋　⇩鯊〔同右〕
**鯊の汐／鯊の潮**　はぜのしお　はぜのしほ　三秋　⇩鯊〔同右〕
**秋鰹**　あきがつお　あきがつを　三秋
6音 **戻り鰹**
**丸宗太**　まるそうだ　三秋　⇩宗太鰹《そうだがつお》〔149頁〕
**平宗太**　ひらそうだ　三秋　⇩宗太鰹〔同右〕
**小鰭鮨**　こはだずし　初秋　⇩鰶《このしろ》〔69頁〕
**鰯売**　いわしうり　三秋　⇩鰯《いわし》〔29頁〕
**しこ鰯**　しこいわし　仲秋　⇩鯷《ひしこ》〔30頁〕
**太刀の魚**　たちのうお　たちのうを　仲秋　⇩太刀魚《たちうお》〔69頁〕
**初秋刀魚**　はつさんま　晩秋　⇩秋刀魚《さんま》〔30頁〕
**秋刀魚網**　さんまあみ　晩秋　⇩秋刀魚〔同右〕

**尾花蛸**　おばなだこ　をばなだこ　仲秋
芒《すすき》の開花期に獲れる蛸。
**秋蛍**　あきほたる　初秋　⇩秋の蛍〔149頁〕
**病蛍**　やみほたる　初秋　⇩秋の蛍〔同右〕
**蚊の名残**　かのなごり　三秋　⇩秋の蚊〔69頁〕
**八月蚊**　はちがつか　はちぐわつか　仲秋　⇩秋の蚊〔同右〕
**秋の蠅**　あきのはえ　あきのはへ　三秋
**残る蠅**　のこるはえ　のこるはへ　三秋　⇨秋の蠅
**後れ蠅**　おくれはえ　おくれはへ　三秋　⇨秋の蠅
**秋の蜂**　あきのはち　三秋
**残る蜂**　のこるはち　三秋　⇨秋の蜂
**地蜂焼**　じばちやき　ぢばちやき　晩秋　⇩蜂の仔〔69頁〕
**秋の蝶**　あきのちょう　あきのてふ　三秋
例 秋の蝶某所につどい某所まで　田沼文雄
4音 **秋蝶**《あきちょう》　**老蝶**《おいちょう》
**蝶渡る**　ちょうわたる　てふわたる　三秋

浅葱斑《あさぎまだら》（タテハチョウ科）が越冬のため南方に渡ること。

**秋の蟬**　あきのせみ　初秋

4音　**秋蟬《あきぜみ》**　**秋蟬《しゅうせん》**

**残る蟬**　のこるせみ　初秋　⇨秋の蟬

**ちっち蟬**　ちっちぜみ　初秋　⇨秋の蟬

**法師蟬**　ほうしぜみ　ほふしぜみ　初秋

例　法師蟬天より遠きところなし　油布五線

6音　**つくしこひし**

7音　**つくつく法師《ぼうし》**　**くつくつぼふし**

**つくつくし**　初秋　⇨法師蟬

**おしいつく**　初秋　⇨法師蟬

**墨蜻蛉**　すみとんぼ　三秋　⇩蜻蛉《とんぼ》〔30頁〕

**青蜻蛉**　あおとんぼ　あをとんぼ　三秋　⇩蜻蛉〔同右〕

**鬼やんま**　おにやんま　三秋　⇩蜻蛉〔同右〕

**銀やんま**　ぎんやんま　三秋　⇩蜻蛉〔同右〕

**黒やんま**　くろやんま　三秋　⇩蜻蛉〔同右〕

**蜻蛉釣**　とんぼつり　三秋　⇩蜻蛉〔同右〕

**赤蜻蛉**　あかとんぼ　三秋

3音　**のしめ**

6音　**深山茜《みやまあかね》**　**のしめ蜻蛉《とんぼ》**

7音　**眉立茜《まゆたてあかね》**　**猩々蜻蛉《しょうじょうとんぼ》**

**赤卒**　あかえんば　あかゑんば　三秋　⇨赤蜻蛉

**秋茜**　あきあかね　三秋　⇨赤蜻蛉

**姫茜**　ひめあかね　三秋　⇨赤蜻蛉

**虫の声**　むしのこえ　むしのこゑ　三秋　⇩虫〔13頁〕

**虫時雨**　むししぐれ　三秋　⇩虫〔同右〕

**虫の闇**　むしのやみ　三秋　⇩虫〔同右〕

例　ひろびろと世に生死あり虫の闇　三橋敏雄

**虫の秋**　むしのあき　三秋　⇩虫〔同右〕

**昼の虫**　ひるのむし　三秋　⇩虫〔同右〕

**虫集く**　むしすだく　三秋　⇩虫〔同右〕

**かまどうま**　三秋　⇩竈馬《いとど》〔30頁〕

**かまどむし**　三秋　⇩竈馬〔同右〕

**ちちろ虫**　ちちろむし　三秋　⇩蟋蟀《こおろぎ》〔70頁〕

**筆津虫**　ふでつむし　三秋　⇩蟋蟀〔同右〕

**つづれさせ**　つづれさせ　三秋　⇩蟋蟀〔同右〕

**金鐘児**　きんしょうじ　初秋　⇩鈴虫〔70頁〕

**月鈴子**　げつれいし　初秋　⇩鈴虫〔同右〕

**草雲雀**　くさひばり　初秋

コオロギ科の昆虫。明け方に鳴く。

4音 **朝鈴《あさすず》**

**金雲雀**　きんひばり　初秋　⇨草雲雀

**鉦叩**　かねたたき　初秋

体長約九ミリの昆虫。チンチンと鉦《かね》を叩くような鳴き声からこの名。

**螽斯**　きりぎりす　初秋

例 きりぎりす繃帯よりもむずがゆき　八田木枯

2音 **ぎす**

4音 **機織《はたおり》**

6音 **機織虫《はたおりむし》**

**轡虫**　くつわむし　初秋

緑色または茶色。ガチャガチャと大きく鳴く。

4音 **がちゃがちゃ**

**稲子麿**　いなごまろ　初秋　⇩蝗《いなご》〔31頁〕

**蝗捕／蝗採**　いなごとり　初秋　⇩蝗〔同右〕

**蝗串**　いなごぐし　初秋　⇩蝗〔同右〕

**稲の虫**　いねのむし　初秋　⇩稲虫〔71頁〕

**いぼむしり**　三秋　⇩蟷螂《かまきり》〔71頁〕

**祈り虫**　いのりむし　三秋　⇩蟷螂〔同右〕

**おけら鳴く**　おけらなく　三秋　⇩螻蛄《けら》鳴く〔72頁〕

**蚯蚓鳴く**　みみずなく　三秋

土中から聞こえるジーといった鳴き声。実際には蚯蚓は鳴かない。

例 駅前の蚯蚓鳴くこと市史にあり　高山れおな

例　三味線をひくも淋しや蚯蚓なく　高浜虚子

4音　歌女《かじょ》鳴く

**地虫鳴く**　じむしなく　ぢむしなく　三秋

土中から聞こえるジーといった鳴き声。実際には地虫（昆虫の幼虫）は鳴かない。

**秋の蜘蛛**　あきのくも　初秋

例　震へる機械震へてのぼる秋の蜘蛛　鈴木牛後

**親無子**　おやなしご　三秋　⇩蓑虫《みのむし》〔72頁〕

**木樵虫**　きこりむし　三秋　⇩蓑虫〔同右〕

**茶立虫／茶柱虫**　ちゃたてむし　初秋

咀《そ》顎《がく》目のうち虱《しらみ》以外の総称。鳴き声が茶筅《ちゃせん》で茶をたてるときの音に似ていることから。

6音　小豆洗《あずきあらい》　隠座頭《かくれざとう》

**粉茶立**　こなちゃたて　初秋　⇨茶立虫

**放屁虫**　へひりむし　初秋

体長約二センチの甲虫。悪臭を放つ。

例　ふんはりと紙につつまれ放屁虫　津川絵理子

4音　亀虫

6音　へっぴりむし

8音　三井寺《みいでら》ごみむし

**へこきむし**　初秋　⇨放屁虫

**常世虫**　とこよむし　初秋　⇩芋虫〔72頁〕

**あしまとひ**　あしまとい　初秋　⇩針金虫〔150頁〕

**初秋蚕**　しょしゅうさん　しよしうさん　仲秋　⇩秋蚕《あきご》〔31頁〕

**栗の虫**　くりのむし　晩秋　⇩栗虫〔72頁〕

**残る虫**　のこるむし　晩秋

晩秋になって鳴き声が衰えた虫。

**すがれ虫**　すがれむし　晩秋　⇨残る虫

3音　遊糸《ゆうし》

**雪迎へ**　ゆきむかえ　ゆきむかへ　晩秋

## 5音　植物

**秋の薔薇**　あきのばら　仲秋

例　書肆街の茶房古風に秋の薔薇　西島麥南

4音　**秋薔薇《あきばら》**

**秋薔薇**　あきそうび　あきさうび　仲秋　⇨秋の薔薇

**白木槿**　しろむくげ　初秋　⇩木槿《むくげ》〔31頁〕

**紅木槿**　べにむくげ　初秋　⇩木槿〔同右〕

**花木槿**　はなむくげ　初秋　⇩木槿〔同右〕

**木槿垣**　むくげがき　初秋　⇩木槿〔同右〕

**木芙蓉**　もくふよう　初秋　⇩芙蓉〔32頁〕

**白芙蓉**　しろふよう　初秋　⇩芙蓉〔同右〕

**紅芙蓉**　べにふよう　初秋　⇩芙蓉〔同右〕

**花芙蓉**　はなふよう　初秋　⇩芙蓉〔同右〕

**酔芙蓉**　すいふよう　初秋　⇩芙蓉〔同右〕

芙蓉（五弁花）の八重咲きの変種。咲き始めが白で次第に薄桃色に変わる。

例　酔芙蓉大きく育て城下町　玉田憲子

5音

**ラ・フランス**　三秋　⇩梨〔13頁〕

**蜂屋柿**　はちやがき　晩秋　⇩柿〔13頁〕

**似柿**　にたりがき　晩秋　⇩柿〔同右〕

**百目柿**　ひゃくめがき　晩秋　⇩柿〔同右〕

**富有柿**　ふゆうがき　ふいうがき　晩秋　⇩柿〔同右〕

**禅寺丸**　ぜんじまる　晩秋　⇩柿〔同右〕

**次郎柿**　じろうがき　じらうがき　晩秋　⇩柿〔同右〕

**木練柿**　こねりがき　晩秋　⇩柿〔同右〕

**さはし柿**　さわしがき　さはしがき　晩秋　⇩柿〔同右〕

**柿なます**　かきなます　晩秋　⇩柿〔同右〕

**柿の秋**　かきのあき　晩秋　⇩柿〔同右〕

**柿日和**　かきびより　晩秋　⇩柿〔同右〕

**木守柿**　きもりがき　晩秋　⇩柿〔同右〕

例　ゆふがたのはやくも月や木守柿　依光陽子

**信濃柿**　しなのがき　晩秋

3音　**こがき**

## 4音 さる柿　まめ柿

**ぶだう柿**　ぶどうがき　ぶだうがき　晩秋　⇨信濃柿
**君遷子**　くんせんし　晩秋　⇨信濃柿
**林檎園**　りんごえん　りんごゑん　晩秋　⇩林檎〔32頁〕
**林檎狩**　りんごがり　晩秋　⇩林檎〔同右〕
**マスカット**　仲秋　⇩葡萄〔32頁〕
**黒葡萄**　くろぶどう　くろぶだう　仲秋　⇩葡萄〔同右〕
**葡萄園**　ぶどうえん　ぶだうゑん　仲秋　⇩葡萄〔同右〕
**葡萄棚**　ぶどうだな　ぶだうだな　仲秋　⇩葡萄〔同右〕
**葡萄狩**　ぶどうがり　ぶだうがり　仲秋　⇩葡萄〔同右〕
**一つ栗**　ひとつぐり　晩秋　⇩栗〔14頁〕
**丹波栗**　たんばぐり　晩秋　⇩栗〔同右〕
**虚栗**　みなしぐり　晩秋　⇩栗〔同右〕
**栗林**　くりばやし　晩秋　⇩栗〔同右〕
**栗拾**　くりひろい　くりひろひ　晩秋　⇩栗〔同右〕
例　何の木のもとともあらず栗拾ふ　高浜虚子

**青棗**　あおなつめ　あをなつめ　初秋　⇩棗《なつめ》〔33頁〕
**姫胡桃**　ひめぐるみ　晩秋　⇩胡桃《くるみ》〔33頁〕
**鬼胡桃**　おにぐるみ　晩秋　⇩胡桃〔同右〕
**沢胡桃**　さわぐるみ　さはぐるみ　晩秋　⇩胡桃〔同右〕
**河胡桃**　かわぐるみ　かはぐるみ　晩秋　⇩胡桃〔同右〕
**山胡桃**　やまぐるみ　晩秋　⇩胡桃〔同右〕
**胡桃割**　くるみわり　晩秋　⇩胡桃〔同右〕
**青蜜柑**　あおみかん　あをみかん　三秋
例　渋谷てふ不思議な街の青蜜柑　皆吉司
**木守柚子**　きもりゆず　晩秋　⇩柚子《ゆず》〔14頁〕
**まるめいら**　晩秋　⇩榲桲《まるめろ》〔75頁〕
**榠樝の実／花梨の実**　かりんのみ　くわりんのみ　晩秋
バラ科の落葉高木。実は約一〇センチ。
4音　**唐梨《からなし》**
6音　**海棠木瓜《かいどうぼけ》**
**色見草**　いろみぐさ　晩秋　⇩紅葉《もみじ》〔33頁〕

5音

**下紅葉** したもみじ　したもみぢ　晩秋　⇩紅葉〔同右〕

**入紅葉** いりもみじ　いりもみぢ　晩秋　⇩紅葉〔同右〕

**夕紅葉** ゆうもみじ　ゆふもみぢ　晩秋　⇩紅葉〔同右〕

**竜田草** たつたぐさ　晩秋　⇩紅葉〔同右〕

**谷紅葉** たにもみじ　たにもみぢ　晩秋　⇩紅葉〔同右〕

**庭紅葉** にわもみじ　にはもみぢ　晩秋　⇩紅葉〔同右〕

**紅葉川** もみじがわ　もみぢがは　晩秋　⇩紅葉〔同右〕

**紅葉山** もみじやま　もみぢやま　晩秋　⇩紅葉〔同右〕

**初紅葉** はつもみじ　はつもみぢ　仲秋

**薄紅葉** うすもみじ　うすもみぢ　仲秋

**照紅葉** てりもみじ　てりもみぢ　晩秋　⇩照葉《てりは》〔34頁〕

**色葉散る** いろはちる　晩秋　⇩紅葉《もみじ》且《か》つ散《ち》る〔167頁〕

**黄落期** こうらくき　くわうらくき　晩秋　⇩黄落〔75頁〕

**山紅葉** やまもみじ　やまもみぢ　晩秋　⇩楓《かえで》〔34頁〕

**新松子** しんちぢり　晩秋

新しくできてまだ青い松笠。

6音 **青松笠《あおまつかさ》／青松毬《あおまつかさ》**

**桐一葉** きりひとは　初秋

例 桐一葉日当りながら落ちにけり　高浜虚子

4音 **桐散る**

6音 **桐の葉落つ**

**柳散る** やなぎちる　仲秋

4音 **黄柳《こうりゅう》**

6音 **柳黄ばむ**

**散る柳** ちるやなぎ　仲秋　⇨柳散る

**銀杏散る** いちょうちる　いちやうちる　晩秋

例 銀杏散るまつただ中に法科あり　山口青邨

**木の実落つ** このみおつ　晩秋　⇩木の実〔34頁〕

**木の実降る** このみふる　晩秋　⇩木の実〔同右〕

**木の実雨** このみあめ　晩秋　⇩木の実〔同右〕

**木の実独楽** このみごま　晩秋　⇩木の実〔同右〕

**木の実時** このみどき　晩秋　⇩木の実〔同右〕

**椿の実**　つばきのみ　初秋
実は秋に紅色から褐色になり熟すと裂ける。実を絞って椿油を採る。

**実南天**　みなんてん　晩秋　⇩南天の実〔151頁〕

**秋珊瑚**　あきさんご　初秋　⇩山茱萸《さんしゅゆ》の実〔152頁〕

**芙蓉の実**　ふようのみ　仲秋
アオイ科の落葉低木。毛に覆われた実の中に多数の種子をつける。

**七竈**　ななかまど　晩秋
バラ科の落葉小高木。赤い小粒の実を多数つける。

**櫟の実**　くぬぎのみ　晩秋　⇩団栗《どんぐり》〔76頁〕

**一位の実**　いちいのみ　いちゐのみ　晩秋
イチイ科の常緑高木。赤い球形の実をつける。
6音　**あららぎの実**

**おんこの実**　おんこのみ　晩秋　⇨一位の実

**檀の実／真弓の実**　まゆみのみ　晩秋
ニシキギ科の落葉小高木。実が熟すと四つの赤い種子が出てくる。
6音　**山錦木《やまにしきぎ》**

**椎拾ふ**　しいひろう　しひひろふ　晩秋　⇩椎の実〔76頁〕

**式部の実**　しきぶのみ　晩秋　⇩紫式部〔167頁〕

**実紫**　みむらさき　晩秋　⇩紫式部〔同右〕

**白式部**　しろしきぶ　晩秋　⇩紫式部〔同右〕

**銀杏の実**　いちょうのみ　いちやうのみ　晩秋　⇩銀杏《ぎんなん》〔76頁〕

**臭木の実／常山木の実**　くさぎのみ　晩秋
シソ科の落葉低木。実は青く直径約六ミリ。

**瓢の笛**　ひょんのふえ　晩秋　⇩瓢《ひょん》の実〔77頁〕
空洞のできた瓢の実を吹いて鳴らす。

**実山椒**　みざんしょう　みざんせう　初秋　⇩山椒の実〔152頁〕

**つるもどき**　晩秋　⇩蔓梅擬《つるうめもどき》〔167頁〕

**梅擬／梅嫌／落霜紅**　うめもどき　晩秋
モチノキ科の落葉低木。葉が梅に似ていることからこの名。実が赤く熟す。白梅擬は花も実も白い。
7音 **白梅擬《しろうめもどき》**

**ピラカンサ**　晩秋
バラ科の常緑低木。実は紅色、黄色など。
6音 **ピラカンサス**
7音 **常盤山査子《ときわさんざし》**

**西海子**　さいかいし　晩秋　⇩皂角子《さいかち》〔77頁〕

**鶏栖子**　けいせいし　晩秋　⇩皂角子〔同右〕

**実玫瑰**　みはまなす　初秋　⇩玫瑰《はまなす》の実〔152頁〕

**楤の花**　たらのはな　初秋
ウコギ科の落葉小高木。白い五弁花が円錐状に集まって咲く。

**茨の実**　いばらのみ　晩秋
野茨（バラ科）の実。小さく深紅色。
6音 **野茨《のいばら》の実　ローズヒップ**

**野薔薇の実**　のばらのみ　晩秋　⇨茨の実

5音

**紫葛**　えびかずら　えびかづら　晩秋　⇩蝦蔓《えびづる》〔77頁〕

**草葡萄**　くさぶどう　くさぶだう　晩秋　⇩蝦蔓〔同右〕

**山葡萄**　やまぶどう　やまぶだう　仲秋
実は黒くジャムなどにする。

**蛇葡萄**　へびぶどう　へびぶだう　仲秋　⇩野葡萄〔78頁〕

**おめかづら**　仲秋　⇩通草《あけび》〔34頁〕

**かみかづら**　仲秋　⇩通草〔同右〕

**通草棚**　あけびだな　仲秋　⇩通草〔同右〕

**蔦紅葉**　つたもみじ　つたもみぢ　三秋　⇩蔦《つた》〔14頁〕

**錦蔦**　にしきつた　三秋　⇩蔦〔同右〕

**蔦かづら**　つたかずら　つたかづら　三秋　⇩蔦〔同右〕

**竹の春**　たけのはる　仲秋
筍の時期を終えた竹が葉を青々と茂らせること。
4音 **竹春《ちくしゅん》**

**番紅花**　ばんこうか　ばんこうくわ　晩秋　⇩サフラン〔78頁〕

**芭蕉林**　ばしょうりん　ばせうりん　初秋　⇩芭蕉〔34頁〕

**破芭蕉**　やればしょう　やればせう　晩秋

芭蕉〔34頁〕の葉が風雨で裂けた様。

例　礫像の聖衣さながら破芭蕉　鷹羽狩行

**花縮砂**　はなしゅくしゃ　初秋　⇩ジンジャーの花〔168頁〕

**万年青の実**　おもとのみ　晩秋

クサスギカズラ科の多年草。赤く小さな実が塊でつく。

**蘭の秋**　らんのあき　初秋　⇩蘭〔14頁〕

**蘭の花**　らんのはな　初秋　⇩蘭〔同右〕

**牽牛花**　けんぎゅうか　けんぎうくわ　初秋　⇩朝顔〔78頁〕

**夜会草／夜開草**　やかいそう　やくわいさう　初秋　⇩夜顔〔78頁〕

**鶏頭花**　けいとうか　けいとうくわ　三秋　⇩鶏頭〔78頁〕

**黄鶏頭**　きけいとう　三秋　⇩鶏頭〔同右〕

**葉鶏頭**　はげいとう　三秋

ヒユ科の一年草。細長い葉が秋に紅色や黄色に色づく。

4音　**かまつか**

6音　**雁来紅**《がんらいこう》

**秋桜**　あきざくら　仲秋　⇩コスモス〔79頁〕

例　ドラム缶捨てず使はず秋桜　右城暮石

**きぞめぐさ**　初秋　⇩鬱金《うこん》の花〔153頁〕

**仙翁花**　せんのうげ　せんをうげ　初秋

ナデシコ科の多年草。花弁の先端が細く分かれ、朱色。

4音　**仙翁**《せんのう》

6音　**紅梅草**《こうばいぐさ》

**剪秋羅**　せんしゅうら　せんしうら　初秋　⇨仙翁花

**剪秋紗**　せんしゅうさ　せんしうさ　初秋　⇨仙翁花

**剪紅花**　せんこうか　せんこうくわ　初秋　⇨仙翁花

**夕化粧**　ゆうげしょう　ゆふげしやう　仲秋　⇩白粉花《おしろいばな》〔153頁〕

**金化粧**　きんげしょう　きんげしやう　仲秋　⇩白粉花〔同右〕

**銀化粧**　ぎんげしょう　ぎんげしやう　仲秋　⇩白粉花〔同右〕

**断腸花**　だんちょうか　だんちやうくわ　初秋　⇩秋海棠《しゅうかいどう》〔153頁〕

**貝細工草**　かいざいく　かひざいく　初秋　⇩貝殻草〔154頁〕

**鳳仙花**　ほうせんか　ほうせんくわ　初秋

ツリフネソウ科の一年草。園芸種は赤や紫、白など色が様々。実が熟すと種子を飛ばす。

例　ひもつけて鶏を飼ふ鳳仙花　上田信治

4音　**つまべに　つまぐれ**

6音　**爪紅**《つめくれない》

**染指草**　せんしそう　せんしさう　初秋　⇨鳳仙花

**菊の花**　きくのはな　三秋　⇩菊〔15頁〕

**一重菊**　ひとえぎく　ひとへぎく　三秋　⇩菊〔同右〕

**千代見草**　ちよみぐさ　三秋　⇩菊〔同右〕

**菊作り**　きくづくり　三秋　⇩菊〔同右〕

**菊の宿**　きくのやど　三秋　⇩菊〔同右〕

**菊の友**　きくのとも　三秋　⇩菊〔同右〕

**菊畑**　きくばたけ　三秋　⇩菊〔同右〕

**残る菊**　のこるきく　晩秋　⇩残菊〔79頁〕

**菊残る**　きくのこる　晩秋　⇩残菊〔同右〕

**血止草**　ちどめぐさ　三秋　⇩弁慶草〔154頁〕

**根無草**　ねなしぐさ　三秋　⇩弁慶草〔同右〕

**ふくれ草**　ふくれそう　ふくれさう　三秋　⇩弁慶草〔同右〕

**葉酸漿**　はほおずき　はほほづき　三秋　⇩弁慶草〔同右〕

**敗荷／破蓮／敗蓮**　やれはちす　仲秋　⇩敗荷《やれはす》〔80頁〕

**秋の蓮**　あきのはす　仲秋　⇩敗荷〔同右〕

**蓮の実**　はちすのみ　仲秋　⇩蓮の実〔80頁〕

**西瓜番**　すいかばん　すいくわばん　初秋　⇩西瓜〔35頁〕

**栗南瓜**　くりかぼちゃ　仲秋　⇩南瓜《かぼちゃ》〔35頁〕

**糸瓜棚**　へちまだな　三秋　⇩糸瓜《へちま》〔35頁〕

**青瓢**　あおふくべ　あをふくべ　三秋　⇩瓢《ふくべ》〔35頁〕

**種瓢**　たねふくべ　晩秋

来年の種のために採らずに残した瓢簞《ひょうたん》。

**蔓茘枝**　つるれいし　仲秋　⇩茘枝《れいし》〔36頁〕

**種茄子**　たねなすび　晩秋　⇩種茄子〔80頁〕

**メークイン**　初秋　⇩馬鈴薯《じゃがいも》〔80頁〕

**秋茄子**　あきなすび　仲秋

例　道のべやうす埃して秋茄子　山口青邨

4音　**秋茄子《あきなす》**

7音　**一口茄子《ひとくちなすび》**

**名残茄子**　なごりなす　仲秋　⇨秋茄子

**八頭**　やつがしら　三秋　⇩芋〔15頁〕

**芋畑**　いもばたけ　三秋　⇩芋〔同右〕

**芋の秋**　いものあき　三秋　⇩芋〔同右〕

**赤芽芋**　あかめいも　三秋　⇩芋〔同右〕

**芋水車**　いもすいしゃ　三秋　⇩芋〔同右〕

**芋の茎**　いものくき　仲秋　⇩芋茎《ずいき》〔36頁〕

**芋茎干す**　ずいきほす　仲秋　⇩芋茎〔同右〕

**赤芋茎**　あかずいき　仲秋　⇩芋茎〔同右〕

**青芋茎**　あおずいき　あをずいき　仲秋　⇩芋茎〔同右〕

**白芋茎**　しろずいき　仲秋　⇩芋茎〔同右〕

**肥後芋茎**　ひごずいき　仲秋　⇩芋茎〔同右〕

熊本の名産で、青芋茎を干したもの。

**自然生**　じねんじょう　じねんじやう　三秋　⇩自然薯《じねんじょ》〔81頁〕

**山の芋**　やまのいも　三秋　⇩自然薯〔同右〕

**やまついも**　三秋　⇩自然薯〔同右〕

**仏掌薯**　つくねいも　三秋

3音　**つくね**

4音　**つくいも**

**こぶしいも**　三秋　⇨仏掌薯

**駱駝薯**　らくだいも　三秋　⇩薯蕷《ながいも》〔81頁〕

**貝割菜**　かいわりな　かひわりな　仲秋

4音　**貝割《かいわれ》**

**中抜菜**　なかぬきな　仲秋　⇩間引菜〔81頁〕

**虚抜菜**　うろぬきな　仲秋　⇩間引菜〔同右〕

**疎抜菜**　おろぬきな　仲秋　⇩間引菜〔同右〕

**火焔菜**　かえんさい　くわえんさい　晩秋

ヒユ科の根菜。酢漬け、サラダ、ボルシチなどで食す。

【3音】ビーツ　ビート　赤菜《あかな》
【7音】テーブルビート
珊瑚樹菜　さんごじゅな　晩秋　⇨火焔菜
唐辛子／唐辛／蕃椒　とうがらし　たうがらし　三秋
例　唐辛子暗さ保ちて干されけり　草間時彦
【3音】さがり
【4音】南蛮《なんばん》
【6音】天井守《てんじょうもり》
【7音】天竺《てんじく》まもり　南蛮胡椒《なんばんこしょう》　高麗胡椒《こうらいこしょう》　獅子唐辛子《ししとうがらし》
鷹の爪　たかのつめ　三秋　⇨唐辛子
秋茗荷　あきみょうが　あきめうが　初秋　⇩茗荷《みょうが》の花〔154頁〕
新生姜　しんしょうが　しんしやうが　初秋
稲筵　いなむしろ　三秋　⇩稲〔15頁〕
麝香米　じゃこうまい　じやかうまい　三秋　⇩稲〔同右〕
稲の波　いねのなみ　三秋　⇩稲〔同右〕
稲穂波　いなほなみ　三秋　⇩稲〔同右〕

稲の秋　いねのあき　三秋　⇩稲〔同右〕
稲の花　いねのはな　初秋
例　空へゆく階段のなし稲の花　田中裕明
【7音】富草《とみくさ》の花
早稲の花　わせのはな　初秋　⇨稲の花
穭の穂　ひつじのほ　ひつぢのほ　晩秋　⇩穭《ひつじ》〔37頁〕
四国麦　しこくむぎ　初秋　⇩鳩麦〔82頁〕
甘藷／薩摩藷　さつまいも　仲秋
例　愛無き日灰の中からさつまいも　斉田仁
【3音】蕃藷《ばんしょ》　甘藷《かんしょ》　紅藷《こうしょ》
【4音】唐藷《からいも》　島いも　甘藷掘《いもほり》　藷蔓《いもづる》　干藷《ほしいも》
【6音】琉球藷《りゅうきゅういも》
甘藷畑　いもばたけ　仲秋　⇨甘藷
甘藷の秋　いものあき　仲秋　⇨甘藷
黍畑　きびばたけ　仲秋　⇩黍《きび》〔16頁〕
黍団子　きびだんご　仲秋　⇩黍〔同右〕

**砂糖黍／甘蔗**　さとうきび　さたうきび　仲秋

3音 **甘蔗《かんしょ》**

**粟畑**　あわばたけ　あはばたけ　仲秋　⇩粟〔16頁〕

**蕎麦の花**　そばのはな　初秋

白または淡紅色の小さな五弁花が多数咲く。

例 秩父路や天につらなる蕎麦の花　加藤楸邨

4音 **花蕎麦《はなそば》**

**新大豆**　しんだいず　しんだいづ　初秋

**新小豆**　しんあずき　しんあづき　晩秋

**唐豇**　とうささげ　たうささげ　初秋　⇩隠元豆〔155頁〕

**鶉豆**　うずらまめ　うづらまめ　初秋　⇩隠元豆〔同右〕

**花豇豆**　はなささげ　初秋　⇩隠元豆〔同右〕

**落花生**　らっかせい　らくくわせい　晩秋

例 落花生喰ひつゝ読むや罪と罰　高浜虚子

4音 **そこまめ**

6音 **南京豆《なんきんまめ》**　**唐人豆《とうじんまめ》**

**ピーナッツ**　晩秋　⇨落花生

**ホップ摘む**　ほっぷつむ　初秋　⇩ホップ〔38頁〕

**藍の花**　あいのはな　仲秋

タデ科の一年草。白、紅色の小花が穂状に多数咲く。

7音 **蓼藍《たであい》の花**

**花煙草**　はなたばこ　初秋　⇩煙草《たばこ》の花〔155頁〕

**棉の桃**　わたのもも　仲秋　⇩桃吹く〔83頁〕

**棉実る**　わたみのる　仲秋　⇩桃吹く〔同右〕

**秋の草**　あきのくさ　三秋　⇩秋草〔83頁〕

例 畳から秋の草へとつづく家　鴇田智哉

**草の花**　くさのはな　三秋

秋の野に咲く花の総称。

例 靴干せばいちにち家や草の花　榮猿丸

4音 **野の花**

6音 **千草《ちぐさ》の花**

**草の絮**　くさのわた　三秋　⇩草の穂〔83頁〕

穂絮飛ぶ　ほわたとぶ　三秋　⇩草の穂〔同右〕

草の香　くさのこう　くさのかう　初秋　⇩草の香〔84頁〕

草紅葉　くさもみじ　くさもみぢ　晩秋

**6音**　草の錦《にしき》　色づく草　草の紅葉《もみじ》

**7音**　草の色づく

草の色　くさのいろ　晩秋　⇨草紅葉

初見草　はつみぐさ　初秋　⇩萩《はぎ》〔16頁〕

古枝草　ふるえぐさ　初秋　⇩萩〔同右〕

玉見草　たまみぐさ　初秋　⇩萩〔同右〕

月見草　つきみぐさ　初秋　⇩萩〔同右〕

庭見草　にわみぐさ　にはみぐさ　初秋　⇩萩〔同右〕

野守草　のもりぐさ　初秋　⇩萩〔同右〕

萩の花　はぎのはな　初秋　⇩萩〔同右〕

こぼれ萩　こぼれはぎ　初秋　⇩萩〔同右〕

乱れ萩　みだれはぎ　初秋　⇩萩〔同右〕

萩の宿　はぎのやど　初秋　⇩萩〔同右〕

萩日和　はぎびより　初秋　⇩萩〔同右〕

むら芒　むらすすき　三秋　⇩芒〔38頁〕

糸芒　いとすすき　三秋　⇩芒〔同右〕

はた芒　はたすすき　三秋　⇩芒〔同右〕

鬼芒　おにすすき　三秋　⇩芒〔同右〕

芒原　すすきはら　三秋　⇩芒〔同右〕

乱れ草　みだれぐさ　三秋　⇩芒〔同右〕

露曾草　つゆそぐさ　三秋　⇩芒〔同右〕

縞芒　しますすき　三秋　⇩芒〔同右〕

花すすき　はなすすき　三秋　⇩尾花〔38頁〕

薄の穂　すすきのほ　三秋　⇩尾花〔同右〕

初尾花　はつおばな　はつをばな　三秋　⇩尾花〔同右〕

村尾花　むらおばな　むらをばな　三秋　⇩尾花〔同右〕

芒散る　すすきちる　晩秋

尾花散る　おばなちる　をばなちる　晩秋　⇨芒散る

筧草　かけいぐさ　かけひぐさ　仲秋　⇩刈萱《かるかや》〔85頁〕

**雌刈萱**　めがるかや　仲秋　⇩刈萱〔同右〕

**雄刈萱**　おがるかや　をがるかや　仲秋　⇩刈萱〔同右〕

**蘆の花**　あしのはな　仲秋

イネ科の多年草。茎の先に穂状に花がつく。

4音　**蘆原**《あしはら》　**葭原**《よしはら》

**葭の花**　よしのはな　仲秋　⇨蘆の花

**蘆の秋**　あしのあき　仲秋　⇨蘆の花

**葭の秋**　よしのあき　仲秋　⇨蘆の花

**寝覚草**　ねざめぐさ　三秋　⇩荻《おぎ》〔17頁〕

**谷地珊瑚**　やちさんご　晩秋　⇩厚岸草《あつけしそう》〔156頁〕

**珊瑚草**　さんごそう　さんごさう　晩秋　⇩厚岸草〔同右〕

**荻の声**　おぎのこえ　をぎのこゑ　初秋

荻《おぎ》〔17頁〕の葉が風に鳴る音。

4音　**荻福**《おぎふく》

**荻の風**　おぎのかぜ　をぎのかぜ　初秋　⇨荻の声

**ささら荻**　ささらおぎ　ささらをぎ　初秋　⇨荻の声

**葛かづら**　くずかずら　くずかづら　三秋　⇩葛〔17頁〕

**真葛原**　まくずはら　三秋　⇩葛〔同右〕

**葛嵐**　くずあらし　三秋　⇩葛〔同右〕

**葛の花**　くずのはな　初秋

葛〔17頁〕は紫色の花を下向きに咲かせる。

例　男老いて男を愛す葛の花　永田耕衣

例　町のやうで田舎のやうで葛の花　岸本尚毅

**真葛／実葛／南五味子**　さねかずら　さねかづら　初秋

⇩美男葛《びなんかずら》〔156頁〕

**さなかづら**　さなかずら　初秋　⇩美男葛〔同右〕

**明治草**　めいじそう　めいじさう　初秋　⇩姫昔蓬《ひめむかしよもぎ》〔176頁〕

**藪枯らし**　やぶからし　初秋

ブドウ科の蔓性多年草。生け垣などに絡まって茂る。

7音　**貧乏かづら**

**野紺菊**　のこんぎく　仲秋　⇩野菊〔39頁〕

**油菊**　あぶらぎく　仲秋　⇩野菊〔同右〕

**貴船菊** きぶねぎく 晩秋
キンポウゲ科の多年草。花は淡紅色や白色。
6音 秋明菊《しゅうめいぎく》

**益母草** やくもそう やくもさう 初秋 ⇩目はじき〔85頁〕

**猫じやらし** ねこじゃらし 三秋 ⇩狗尾草《えのころぐさ》〔157頁〕
例 折りとりし猫じやらしいつ捨つるべき 有働亨

**ゑのこ草** えのこぐさ ゑのこぐさ 三秋 ⇩狗尾草〔同右〕

**犬子草** いぬこぐさ 三秋 ⇩狗尾草〔同右〕

**牛膝** いのこずち ゐのこづち 三秋
ヒユ科の多年草。緑色の五弁花が咲く。実に棘《とげ》があり、動物や衣服などに付着する。
4音 ふしだか

**こまのひざ** 三秋 ⇨牛膝

**藤袴** ふじばかま ふぢばかま 初秋
キク科の多年草。薄紫色の小花が多数咲く。
3音 紫蘭《しらん》
4音 蘭草《らんそう》 香草《こうそう》
6音 香水蘭《こうすいらん》

**藪虱** やぶじらみ 三秋
セリ科の越年草。花は白く小さな五弁。
3音 窃衣《せつい》

**草虱** くさじらみ 三秋 ⇨藪虱

**麝香草** じゃこうそう じやかうさう 初秋
シソ科の多年草。花は薄紅色で筒状。

**山薊** やまあざみ 仲秋
キク科の多年草。葉に棘があり、花は淡紅紫色。
4音 真薊《まあざみ》

**大薊** おおあざみ おほあざみ 仲秋 ⇨山薊

**鬼薊** おにあざみ 仲秋 ⇨山薊

**森薊** もりあざみ 仲秋 ⇨山薊

**秋薊** あきあざみ 仲秋 ⇨山薊

**富士薊** ふじあざみ 初秋

キク科の多年草。花は大ぶりで淡紅紫色。

**7音** **須走牛蒡《すばしりごぼう》**

**富士牛蒡** ふじごぼう　ふじごばう　初秋　⇨富士薊

**曼珠沙華** まんじゅしゃげ　仲秋

**6音** **天蓋花《てんがいばな》**　**幽霊花《ゆうれいばな》**

**彼岸花** ひがんばな　仲秋　⇨曼珠沙華

例 茎だけはこの世に残り彼岸花　雪我狂流

**死人花** しびとばな　仲秋　⇨曼珠沙華

**狐花** きつねばな　仲秋　⇨曼珠沙華

**まんじゆさげ** まんじゅさげ　仲秋　⇨曼珠沙華

**をかととき** おかととき　初秋　⇩桔梗《ききょう》〔39頁〕

**一重草** ひとえぐさ　ひとへぐさ　初秋　⇩桔梗〔同右〕

**白桔梗** しろききょう　しろききやう　初秋　⇩桔梗〔同右〕

**沢桔梗** さわぎきょう　さはぎきやう　初秋

キキョウ科の多年草。産地に自生し、花は紫色。

**女郎花** おみなえし　をみなへし　初秋

枝分かれした茎の上部に黄色い小花が房状に咲く。

**をみなめし** おみなめし　初秋　⇨女郎花

**男郎花** おとこえし　をとこへし　初秋

オミナエシ科の多年草。白い小花が多数咲く。

**7音** **茶《おおどち》の花**

**をとこめし** おとこめし　初秋　⇨男郎花

**吾亦紅／吾木香／我毛香** われもこう　われもかう　仲秋

バラ科の多年草。花は暗紅紫色で円筒形。

**2音** **地楡《ちゆ》**

**金糸草** きんしそう　きんしさう　初秋　⇩水引の花〔170頁〕

**黄釣船** きつりふね　仲秋　⇩釣船草〔157頁〕

**瘧草** えやみぐさ　仲秋　⇩竜胆《りんどう》〔86頁〕

**胃病草** いやみぐさ　仲秋　⇩竜胆〔同右〕

**相撲草** すもうぐさ　すまふぐさ　三秋

イネ科の一年草。根と茎が強く、茎と茎を引っ掛けて引き合う遊びからこの名。

**4音** **雄《お》ひじは**　**雄日芝《おひしば》**

**7音** **相撲取草《すもうとりぐさ》**

**相撲草**　すまいぐさ　すまひぐさ　三秋　⇨相撲草

**角力草**　すもうぐさ　すまふぐさ　三秋　⇨相撲草

**力草**　ちからぐさ　三秋　⇨相撲草

**杜鵑草／時鳥草**　ほととぎす　仲秋

ユリ科の多年草。白に紫色の斑点がある。

**7音** **ほととぎす草《そう》**

**油点草**　ゆてんそう　ゆてんさう　仲秋　⇨杜鵑草

**うつし花**　うつしばな　三秋　⇩露草〈86頁〉

**蛍草**　ほたるぐさ　三秋　⇩露草〈同右〉

**帽子花**　ぼうしばな　三秋　⇩露草〈同右〉

**百夜草**　ひゃくやそう　ひやくやさう　三秋　⇩露草〈同右〉

**おとぎりす**　初秋　⇩弟切草《おとぎりそう》〈158頁〉

**薬師草**　やくしそう　やくしさう　初秋　⇩弟切草〈同右〉

**青薬**　あおぐすり　あをぐすり　初秋　⇩弟切草〈同右〉

**鳥兜／烏頭**　とりかぶと　仲秋

キンポウゲ科の多年草の総称。花色は薄紫のほか様々。根は附子《ぶし》、烏頭《うず》と呼ばれ、有毒だが薬用にも。

**2音** **附子《ぶし》**　**烏頭《うず》**

**4音** **草烏頭《くさうず》**

**兜菊**　かぶとぎく　仲秋　⇨鳥兜

**兜花**　かぶとばな　仲秋　⇨鳥兜

**山兜**　やまかぶと　仲秋　⇨鳥兜

**思草**　おもいぐさ　おもひぐさ　仲秋

ハマウツボ科の一年草。芒《すすき》や茗荷《みょうが》などに寄生。

**7音** **オランダ煙管《ぎせる》**　**南蛮煙管《なんばんぎせる》**

**きせる草**　きせるぐさ　仲秋　⇨思草

**蓼の花**　たでのはな　初秋

葉が紅葉し、花色は白、薄紅など様々。

**3音** **穂蓼《ほたで》**

**4音** **蓼《たで》の穂《ほ》**

9音 ままこのしりぬぐひ

**蓼紅葉** たでもみじ　たでもみぢ　初秋　⇨蓼の花

**桜蓼** さくらたで　初秋　⇨蓼の花

**赤のまま** あかのまま　初秋　⇩赤のまんま〔158頁〕

**赤まんま** あかまんま　初秋　⇩赤のまんま〔同右〕

**烏瓜／王瓜** からすうり　晩秋

ウリ科の蔓性多年草。実は熟すと緑色から朱色に。

4音 **玉章**《たまずさ》

**蒲の絮** がまのわた　初秋

蒲の穂についた種が割れて出てくる絮。

6音 **蒲**《がま》**の穂絮**《ほわた》

**桜茸** さくらだけ　晩秋　⇩茸《きのこ》〔39頁〕

**天狗茸** てんぐだけ　晩秋　⇩茸〔同右〕

**煙茸** けむりだけ　晩秋　⇩茸〔同右〕

**茸番** きのこばん　晩秋　⇩茸〔同右〕

**茸売** きのこうり　晩秋　⇩茸〔同右〕

**湿地茸** しめじだけ　しめぢだけ　晩秋　⇩占地《しめじ》〔39頁〕

**本占地** ほんしめじ　ほんしめぢ　晩秋　⇩占地〔同右〕

**釈迦占地** しゃかしめじ　しやかしめぢ　晩秋　⇩占地〔同右〕

**山占地** やましめじ　やましめぢ　晩秋　⇩占地〔同右〕

**栗もたし** くりもたし　晩秋　⇩栗茸《くりたけ》〔87頁〕

**毒茸** どくきのこ　三秋　⇩毒茸《どくたけ》〔87頁〕

**笑ひ茸** わらいたけ　わらひたけ　三秋　⇩毒茸〔同右〕

**しびれ茸** しびれたけ　三秋　⇩毒茸〔同右〕

**月夜茸** つきよたけ　三秋

毒性があり、襞《ひだ》が夜に発光するのでこの名。

例 月夜茸山の寝息の思はるる　飯田龍太

**胡孫眼** こそんがん　三秋　⇩猿の腰掛〔171頁〕

**猿茸** ましらたけ　三秋　⇩猿の腰掛〔同右〕

# 6音の季語

## 6音　時候

**七夕月**　たなばたづき　初秋　⇩文月《ふみづき》〔40頁〕

**めであひ月**　めであいづき　めであひづき　初秋　⇩文月〔同右〕

**白露降る**　はくろくだる　初秋
七十二候（中国）で八月一二日頃から約五日間。

**寒蟬鳴く**　ひぐらしなく　初秋
七十二候（日本）で八月一二日頃から約五日間。

**寒蟬鳴く**　かんせんなく　初秋
七十二候（中国）で八月一七日頃から約五日間。

**残る暑さ**　のこるあつさ　初秋　⇩残暑〔18頁〕

**二百十日**　にひゃくとおか　にひやくとをか　仲秋
立春（二月四日頃）から数えて二一〇日目。新暦九月一日頃。台風の多い時期で、二百《にひゃく》二十日《はつか》と併せて厄日とされる。

例　空を行く二百十日の紙袋　菊田一平

3音　**厄日《やくび》**

5音　**前七日《まえなぬか》　風祭《かざまつり》**

**二百二十日**　にひゃくはつか　仲秋　⇨二百十日

**秋風月**　あきかぜづき　仲秋　⇩葉月〔18頁〕

**紅染月**　べにぞめづき　仲秋　⇩葉月〔同右〕

**鶺鴒鳴く**　せきれいなく　仲秋
七十二候（日本）で九月一二日頃から約五日間。

**後の彼岸**　のちのひがん　仲秋　⇩秋彼岸〔88頁〕

**秋彼岸会**　あきひがんえ　あきひがんゑ　仲秋　⇩秋彼岸〔同右〕

**秋の社日**　あきのしゃにち　仲秋　⇩秋社〔19頁〕

**菊咲月**　きくさきづき　晩秋　⇩長月〔42頁〕

**色どる月**　いろどるつき　晩秋　⇩長月〔同右〕

**稲刈月**　いねかりづき　晩秋　⇩長月〔同右〕

**小田刈月**　おだかりづき　をだかりづき　晩秋　⇩長月〔同右〕

**秋暁**　あきあかつき　三秋　⇩秋暁《しゅうぎょう》〔42頁〕

**秋の夕べ**　あきのゆうべ　あきのゆふべ　三秋　⇩秋の暮〔89頁〕

**かりがね寒**　かりがねさむ　仲秋

雁が渡ってくる頃の寒さ。

**豺の祭**　さいのまつり　晩秋　⇩豺《さい》乃《すなわ》ち獣《けもの》を祭《まつ》る〔182頁〕

**秋闌**　あきたけなわ　あきたけなは　晩秋　⇩秋深し〔90頁〕

**秋に後る**　あきにおくる　晩秋　⇩行く秋〔44頁〕

**秋の別れ**　あきのわかれ　晩秋　⇩行く秋〔同右〕

**秋の名残**　あきのなごり　晩秋　⇩行く秋〔同右〕

**秋の行方**　あきのゆくえ　あきのゆくへ　晩秋　⇩行く秋〔同右〕

**冬を隣る**　ふゆをとなる　晩秋　⇩冬近し〔90頁〕

**秋の夕日**　あきのゆうひ　あきのゆふひ　三秋　⇩秋日《あきび》〔19頁〕

**秋の光**　あきのひかり　三秋　⇩秋色〔44頁〕

**月の光**　つきのひかり　三秋　⇩月〔8頁〕

例　歩く人月の光が手に膝に　岸本尚毅

**月傾く**　つきかたむく　三秋　⇩月〔同右〕

**月の桂**　つきのかつら　三秋　⇩月〔同右〕

**桂男**　かつらおとこ　かつらをとこ　三秋　⇩月〔同右〕

**月の兎**　つきのうさぎ　三秋　⇩月〔同右〕

**月の蟾**　つきのかえる　つきのかへる　三秋　⇩月〔同右〕

**月の鼠**　つきのねずみ　三秋　⇩月〔同右〕

**月の都**　つきのみやこ　三秋　⇩月〔同右〕

**月宮殿**　げっきゅうでん　三秋　⇩月〔同右〕

**月の鏡**　つきのかがみ　三秋　⇩月〔同右〕

**月の出潮**　つきのでしお　つきのでしほ　三秋　⇩月〔同右〕

**下弦の月**　かげんのつき　三秋　⇩降《くだ》り月《づき》〔92頁〕

**二日の月**　ふつかのつき　仲秋　⇩二日《ふつか》月《づき》〔92頁〕

**三日の月**　みっかのつき　仲秋　⇩三日月《みかづき》〔45頁〕

**眉書月**　まゆかきづき　仲秋　⇩三日月〔同右〕

**三日月眉**　みかづきまゆ　仲秋　⇩三日月〔同右〕

**月の剣**　つきのつるぎ　仲秋　⇩三日月〔同右〕

**弓張月**　ゆみはりづき　仲秋

半月を弓の形に見立てた呼び方。

4音 **弦**《ゆみはり》　**弦月**《げんげつ》　**半月**

5音 **月の弓**　**月の舟**

7音 **上**《かみ》**の弓張**　**下**《しも》**の弓張**

**片割月**　かたわれづき　仲秋　⇨弓張月

**十四夜月**　じゅうしやづき　じふしやづき　仲秋　⇩待宵《まつよい》〔46頁〕

**今宵の月**　こよいのつき　こよひのつき　仲秋　⇩名月〔46頁〕

**三五の月**　さんごのつき　仲秋　⇩名月〔同右〕

**芋名月**　いもめいげつ　仲秋　⇩名月〔同右〕

旧暦八月十五日（十五夜）の月のこと。里芋を月に供えた習わしから。

**中秋節**　ちゅうしゅうせつ　ちゅうしうせつ　仲秋　⇩名月〔同右〕

**雨名月**　あめめいげつ　仲秋　⇩雨月〔20頁〕

**雨夜の月**　あまよのつき　仲秋　⇩雨月〔同右〕

**いざよふ月**　いざようつき　いざよふつき　仲秋　⇩十六夜《いざよい》〔46頁〕

**立待月**　たちまちづき　仲秋

旧暦八月一七日の月。

4音 **立待**《たちまち》

5音 **十七夜**《じゅうしちや》

**居待の月**　いまちのつき　ゐまちのつき　仲秋　⇩居待月《いまちづき》〔93頁〕

**臥待月**　ふしまちづき　仲秋

旧暦八月一九日の月。

3音 **寝待**《ねまち》

4音 **臥待**《ふしまち》

5音 **寝待月**《ねまちづき》

7音　**臥待《ふしまち》の月**

**寝待の月**　ねまちのつき　仲秋　⇨臥待月

**更待月**　ふけまちづき　仲秋

旧暦八月二〇日の月。

4音　**更待《ふけまち》**

5音　**二十日月《はつかづき》**

7音　**更待《ふけまち》の月**

**亥中の月**　いなかのつき　ゐなかのつき　仲秋　⇨更待月

**二十日亥中**　はつかいなか　はつかゐなか　仲秋　⇨更待月

**二十日の月**　はつかのつき　仲秋　⇨更待月

**有明月**　ありあけづき　仲秋

夜明け後も空に残っている月。

4音　**有明《ありあけ》**　**残月《ざんげつ》**　**朝月《あさづき》**

5音　**明《あけ》の月**　**朝の月**　**朝月夜《あさづくよ》**　**残る月**

7音　**有明月夜《ありあけづきよ》**

**二十三夜**　にじゅうさんや　にじふさんや　仲秋

旧暦八月二三日の月。

7音　**真夜中の月**

8音　**二十三夜《にじゅうさんや》月《づき》**

**名残の月**　なごりのつき　晩秋　⇩後《のち》の月《つき》〔93頁〕

**月の名残**　つきのなごり　晩秋　⇩後の月〔同右〕

**二夜の月**　ふたよのつき　晩秋　⇩後の月〔同右〕

**後の今宵**　のちのこよい　のちのこよひ　晩秋　⇩後の月〔同右〕

**豆名月**　まめめいげつ　晩秋　⇩後の月〔同右〕

旧暦九月十三日（十三夜）の月のこと。枝豆を月に供えた習わしから。

**栗名月**　くりめいげつ　晩秋　⇩後の月〔同右〕

旧暦九月十三日（十三夜）の月のこと。栗を月に供えた習わしから。

**色なき風**　いろなきかぜ　三秋

秋風のこと。紀友則「吹き来れば身にもしみける秋風を色なきものと思ひけるかな」による。

3音　素風《そふう》

**初秋風**　はつあきかぜ　初秋　⇩秋の初風〈160頁〉

**秋の嵐**　あきのあらし　三秋

7音　秋の大風《おおかぜ》

**台風圏**　たいふうけん　仲秋　⇩台風〈48頁〉

**台風の眼**　たいふうのめ　仲秋　⇩台風〈同右〉

例　台風の目つついてをりぬ予報官　中原道夫

**御山洗**　おやまあらい　おやまあらひ　初秋

富士山の閉山（旧暦七月二六日＝新暦八月二三日頃、現在は新暦九月一〇日頃）の頃に降る雨。

**秋夕焼**　あきゆうやけ　あきゆふやけ　三秋　⇩秋の夕焼〈161頁〉

**秋夕映**　あきゆうばえ　あきゆふばえ　三秋　⇩秋の夕焼〈同右〉

**秋の霞**　あきのかすみ　三秋　⇩秋霞〈96頁〉

**霧の帳**　きりのとばり　三秋　⇩霧〈9頁〉

**霧の籬**　きりのまがき　三秋　⇩霧〈同右〉

**霧の雫**　きりのしずく　きりのしづく　三秋　⇩霧〈同右〉

**釣瓶落し**　つるべおとし　三秋

秋の日が井戸の釣瓶のように落ちてしまうこと。

例　ビニールハウス釣瓶落しの日をはじく　阿波野青畝

## 6音　地理

**山粧ふ**　やまよそおう　やまよそほふ　三秋

木の葉が色づいた秋の山の譬《たと》え。春は「山笑ふ」、夏は「山滴る」、冬は「山眠る」。

例　搾乳の朝な夕なを山粧ふ　波多野爽波

5音　山粧《やまよそ》ふ

**山彩る**　やまいろどる　三秋　⇨山粧ふ

**粧ふ山**　よそおうやま　よそほふやま　三秋　⇨山粧ふ

**野山の色**　のやまのいろ　晩秋

4音　野の色

5音　山の色

7音　野山色づく

**秋の錦**　あきのにしき　晩秋　⇩野山の錦〈161頁〉

**山の錦**　やまのにしき　晩秋　⇩野山の錦〈同右〉

**秋の狩場**　あきのかりば　三秋

冬の鷹狩を待つ狩場。

**秋の岬**　あきのみさき　三秋

**暴雨津波**　ぼううつなみ　仲秋　⇩高潮《たかしお》〈50頁〉

**秋の浜辺**　あきのはまべ　三秋　⇩秋の浜〈98頁〉

**秋の渚**　あきのなぎさ　三秋　⇩秋の浜〈同右〉

## 6音　生活

**松茸飯**　まつたけめし　仲秋

5音 **茸飯《きのこめし》**

7音 **松茸ごはん**

**栗羊羹**　くりようかん　くりやうかん　晩秋

5音 **栗鹿《くりか》の子《こ》**

8音 **栗蒸羊羹《くりむしようかん》**

**栗饅頭**　くりまんじゅう　くりまんぢゆう　晩秋　⇨栗羊羹

**栗きんとん**　くりきんとん　晩秋　⇨栗羊羹

**もつてのほか**　もつてのほか　晩秋　⇩菊膾《きくなます》〈99頁〉

**黒いもむし**　くろいもむし　初秋　⇩衣被《きぬかつぎ》〈99頁〉

**灯火親し**　とうかしたし　とうくわしたし　三秋　⇩灯火親しむ〈161頁〉

例　灯火親し英語話せる火星人　小川軽舟

**灯火の秋**　とうかのあき　とうくわのあき　三秋　⇩灯火親しむ〈同右〉

**秋の庵**　あきのいおり　あきのいほり　三秋　⇩秋の宿〈100頁〉

**蚊帳の名残**　かやのなごり　三秋　⇩秋の蚊帳《かや》〈100頁〉

**蚊帳の別れ**　かやのわかれ　三秋　⇩秋の蚊帳〈同右〉

**忘れ扇**　わすれおうぎ　わすれあふぎ　初秋　⇩扇置く〈100頁〉

**忘れ団扇**　わすれうちわ　わすれうちは　初秋　⇩扇置く〈同右〉

**秋の扇**　あきのおうぎ　あきのあふぎ　初秋　⇩秋扇〈100頁〉

例　一夜明けて忽ち秋の扇かな　高浜虚子

**簾名残**　すだれなごり　仲秋　⇩秋簾《あきすだれ》〔101頁〕

**簾納む**　すだれおさむ　仲秋　⇩秋簾〔同右〕

**簾外す**　すだれはずす　仲秋　⇩秋簾〔同右〕

**障子洗ふ**　しょうじあらう　しやうじあらふ　仲秋

5音 **障子干す**

**風炉の名残**　ふろのなごり　晩秋

炉開《ろびらき》（旧暦一〇月初旬の亥の日）までに片付ける風炉を惜しむこと。また、その茶会。

5音 **名残《なごり》の茶**　**風炉《ふろ》名残《なごり》**

**兎鼓**　うさぎつづみ　三秋　⇩添水《そうず》〔22頁〕

**迫の太郎**　さこのたろう　さこのたらう　三秋　⇩添水〔同右〕

**田虫送り**　たむしおくり　仲秋　⇩虫送り〔101頁〕

**田水落す**　たみずおとす　たみづおとす　仲秋

収穫期を迎えた稲田から水を流し出すこと。

5音 **落し水**　**水落す**　**堰外《せきはず》す**

**稲刈鎌**　いねかりがま　仲秋　⇩稲刈〔53頁〕

**籾摺臼**　もみすりうす　仲秋　⇩籾《もみ》〔10頁〕

**筵叩き**　むしろたたき　仲秋　⇩秋収《あきおさめ》〔102頁〕

**藁打石**　わらうちいし　仲秋　⇩新藁〔55頁〕

**二丁砧**　にちょうきぬた　にちやうきぬた　三秋　⇩砧《きぬた》〔24頁〕

**大根蒔く**　だいこんまく　三秋　⇩秋蒔《あきまき》〔55頁〕

**芥菜蒔く**　からしなまく　三秋　⇩秋蒔〔同右〕

**蚕豆蒔く**　そらまめまく　三秋　⇩秋蒔〔同右〕

**豌豆蒔く**　えんどうまく　ゑんどうまく　三秋　⇩秋蒔〔同右〕

**綿打弓**　わたうちゆみ　三秋　⇩綿取〔55頁〕

**薬草掘る**　やくそうほる　やくさうほる　仲秋　⇩薬掘る〔103頁〕

**月の主**　つきのあるじ　仲秋　⇩月見〔25頁〕

**月見団子**　つきみだんご　仲秋　⇩月見〔同右〕

**後の月見**　のちのつきみ　仲秋　⇩月見〔同右〕

旧暦九月十三夜の月見。

**菊人形**　きくにんぎょう　きくにんぎやう　晩秋

例　雑兵に至るまでみな菊人形　高浜年尾

**3音** **菊師《きくし》**

**8音** **菊人形展《きくにんぎょうてん》**

**神事相撲** しんじずもう　しんじずまふ　初秋　⇩相撲〔24頁〕

**田舎相撲** いなかずもう　いなかずまふ　初秋　⇩相撲〔同右〕

**相撲柱** すもうばしら　すまふばしら　初秋　⇩相撲〔同右〕

**松茸狩** まつたけがり　晩秋　⇩茸狩《たけがり》〔57頁〕

**干椎茸** ほししいたけ　ほししひたけ　晩秋　⇩干茸《ほしたけ》〔57頁〕

**椎茸干す** しいたけほす　しひたけほす　晩秋　⇩干茸〔同右〕

## 6音　行事

**菊の節句** きくのせっく　晩秋　⇩重陽《ちょうよう》〔58頁〕

**菊の宴** きくのうたげ　晩秋　⇩重陽〔同右〕

**栗の節句** くりのせっく　晩秋　⇩重陽〔同右〕

**菊の枕** きくのまくら　晩秋　⇩菊枕〔106頁〕

**菊花の酒** きっかのさけ　きくくわのさけ　晩秋　⇩菊酒〔58頁〕

**終戦の日** しゅうせんのひ　初秋　⇩終戦記念日〔174頁〕

**敗戦の日** はいせんのひ　初秋　⇩終戦記念日〔同右〕

**敬老の日** けいろうのひ　けいらうのひ　仲秋

例　顔つつむ敬老の日の蒸タオル　水原秋櫻子

**5音** **敬老日《けいろうび》**

**年寄の日** としよりのひ　仲秋　⇨敬老の日

**老人の日** ろうじんのひ　らうじんのひ　仲秋　⇨敬老の日

**秋分の日** しゅうぶんのひ　しうぶんのひ　仲秋

**体育の日** たいいくのひ　晩春

**スポーツの日** 晩春　⇨体育の日

**硯洗** すずりあらい　すずりあらひ　初秋

旧暦七月六日、七夕〔58頁〕の準備として硯や文机《ふづくえ》を洗い清めること。

**硯洗ふ** すずりあらう　すずりあらふ　初秋　⇨硯洗

**机洗ふ** つくえあらう　つくえあらふ　初秋　⇨硯洗

**星の手向け** ほしのたむけ　初秋　⇩七夕〔58頁〕

**七夕棚** たなばただな　初秋　⇩七夕〔同右〕

**七夕竹**　たなばたたけ　初秋　⇩七夕〔同右〕

例　わが子等のよその七夕竹の下　高野素十

**星の契**　ほしのちぎり　初秋　⇩星合《ほしあい》〔59頁〕

**星の妹背**　ほしのいもせ　初秋　⇩星合〔同右〕

**星の別れ**　ほしのわかれ　初秋　⇩星合〔同右〕

**七宝枕**　しっぽうちん　初秋　⇩星合〔同右〕

**牛引き星**　うしひきぼし　初秋　⇩牽牛《けんぎゅう》〔59頁〕

**犬飼星**　いぬかいぼし　いぬかひぼし　初秋　⇩牽牛〔同右〕

**機織姫**　はたおりひめ　初秋　⇩織女《しょくじょ》〔25頁〕

**棚機津女**　たなばたつめ　初秋　⇩織女〔同右〕

**秋去姫**　あきさりひめ　初秋　⇩七姫〔59頁〕

**薫物姫**　たきものひめ　初秋　⇩七姫〔同右〕

**細蟹姫**　ささがにひめ　初秋　⇩七姫〔同右〕

**糸織姫**　いとおりひめ　初秋　⇩七姫〔同右〕

**朝顔姫**　あさがおひめ　あさがほひめ　初秋　⇩七姫〔同右〕

**梶の葉姫**　かじのはひめ　かぢのはひめ　初秋　⇩七姫〔同右〕

**真菰の馬**　まこものうま　初秋

真菰（三夏）などで作った馬。七夕に飾る。

例　しんがりを真菰の馬の流れをり　赤尾恵以

**七夕馬**　たなばたうま　初秋　⇨真菰の馬

**草刈馬**　くさかりうま　初秋　⇨真菰の馬

**佞武多祭**　ねぶたまつり　初秋　⇩佞武多《ねぶた》〔26頁〕

**精霊棚／聖霊棚**　しょうりょうだな　しやうりやうだな　初秋　⇩魂祭《たままつり》〔107頁〕

例　灯ともして精霊棚の混みあへる　藺草慶子

**精霊舟**　しょうりょうぶね　しやうりやうぶね　初秋　⇩灯籠《とうろう》流《ながし》〔162頁〕

例　赤ン坊が泣くよ精霊舟燃えて　小林千史

**灯籠舟**　とうろうぶね　初秋　⇩灯籠流〔同右〕

**盆供流**　ぼんぐながし　初秋　⇩送盆《おくりぼん》〔108頁〕

**地蔵祭**　じぞうまつり　ぢざうまつり　初秋　⇩地蔵盆〔108頁〕

**地蔵参**　じぞうまいり　ぢざうまゐり　初秋　⇩地蔵盆〔同右〕

**地蔵詣** じぞうもうで ぢざうまうで 初秋 ⇩地蔵盆〈同右〉

**手向の市** たむけのいち 初秋 ⇩草市〈60頁〉

**蓮の葉売** はすのはうり 初秋 ⇩草市〈同右〉

**芋殻売** いもがらうり 初秋 ⇩草市〈同右〉

**灯籠売** とうろううり 初秋 ⇩草市〈同右〉

**盆灯籠** ぼんどうろう 初秋 ⇩灯籠〈60頁〉

**精霊花** しょうりょうばな しやうりやうばな 初秋 ⇩盆花〈60頁〉

**踊櫓** おどりやぐら をどりやぐら 初秋 ⇩踊〈26頁〉

**踊浴衣** おどりゆかた をどりゆかた 初秋 ⇩踊〈同右〉

**踊太鼓** おどりだいこ をどりだいこ 初秋 ⇩踊〈同右〉

**おけさ踊** おけさおどり おけさをどり 初秋 ⇩踊〈同右〉

**おわら祭** おわらまつり 初秋 ⇩風の盆〈109頁〉

**田舎芝居** いなかしばい いなかしばゐ 晩秋 ⇩地芝居《じしばい》〈61頁〉

**べったら市** べったらいち 晩秋

一〇月一九日、東京日本橋でべったら漬を売る市。

**7音**

**夷子講市**《えびすこういち》

**浅漬市** あさづけいち 晩秋 ⇨べったら市

**べったら漬** べったらづけ 晩秋 ⇨べったら市

**運動会** うんどうかい うんどうくわい 三秋

例 ねかされて運動会の旗の束　千葉皓史

**体育祭** たいいくさい 三秋 ⇨運動会

**六斎講** ろくさいこう ろくさいかう 初秋 ⇩六斎念仏《ろくさいねんぶつ》〈174頁〉

**宵弘法** よいこうぼう よひこうぼふ 初秋 ⇩奉灯会《ほうとうえ》〈110頁〉

**芒祭** すすきまつり 初秋 ⇩吉田火祭〈163頁〉

**火伏祭** ひぶせまつり 初秋 ⇩吉田火祭〈同右〉

**御射山狩** みさやまがり 初秋 ⇩御射山祭《みさやままつり》〈163頁〉

**穂屋の祭** ほやのまつり 初秋 ⇩御射山祭〈同右〉

**穂屋の芒** ほやのすすき 初秋 ⇩御射山祭〈同右〉

**目くされ市** めくされいち 仲秋 ⇩芝神明祭《しばしんめいまつり》〈177頁〉

**八幡祭** やわたまつり やはたまつり 仲秋 ⇩八幡放生会《やわたほうじょうえ》〈174頁〉

**仲秋祭**　ちゅうしゅうさい　ちゆうしうさい　仲秋　⇩八幡放生会〔同右〕

**南祭**　みなみまつり　仲秋　⇩八幡放生会〔同右〕
葵祭を北祭《きたのまつり》と呼ぶのに対する八幡放生会の呼び方。

**放生川**　ほうじょうがわ　はうじやうがは　仲秋　⇩八幡放生会〔同右〕

**鞍馬祭**　くらままつり　晩秋　⇩鞍馬の火祭〔174頁〕

**時代祭**　じだいまつり　晩秋
一〇月二二日、平安神宮（京都市左京区）の例祭。
例　替への牛牽かるゝ時代祭かな　森田峠
7音　**平安祭《へいあんまつり》**

**万霊節**　ばんれいせつ　晩秋　⇩ハロウィン〔61頁〕

**山頭火忌**　さんとうかき　さんとうくわき　晩秋
一〇月一一日。俳人、種田山頭火（一八八二〜一九四〇）の忌日。
4音　**耕畝忌《こうほき》**

**槿花翁忌**　きんかおうき　きんくわをうき　初秋　⇩鬼貫忌《おにつらき》〔112頁〕

## 6音　動物

**妻恋ふ鹿**　つまこうしか　つまこふしか　三秋　⇩鹿〔10頁〕

**秋の蛙**　あきのかわず　あきのかはづ　仲秋
8音　**蛙《かわず》穴に入る**

**鷹の塒出**　たかのとやで　初秋
鷹の羽が生え替わり塒（鳥小屋）から出ること。
4音　**箸鷹《はしたか》**　**片鳥屋《かたとや》**　**両鳥屋《もろとや》**
5音　**鳥屋勝《とやまさり》**
7音　**両片鴘《もろかたかえり》**

**塒出の鷹**　とやでのたか　初秋　⇨鷹の塒出

**鷹の渡り**　たかのわたり　三秋　⇩鷹渡る〔113頁〕

**別れ鴉／別れ烏**　わかれがらす　初秋
子を巣立たせる親鴉のこと。

8音 **鴉《からす》の子《こ》別《わか》れ**

**秋の鳥／秋の鴉**　あきのからす　初秋　⇨別れ鴉

**鳥の渡り**　とりのわたり　仲秋・晩秋　⇩渡り鳥〔114頁〕

**小鳥渡る**　ことりわたる　仲秋・晩秋　⇩渡り鳥〔同右〕

**燕帰る**　つばめかえる　つばめかへる　仲秋

春に渡ってきた燕が南へと帰っていくこと。

例 ひたすらに飯炊く燕帰る日も　三橋鷹女

3音 **帰燕《きえん》**

4音 **秋燕《しゅうえん》**

5音 **秋燕《あきつばめ》**　**去《い》ぬ燕**

7音 **巣を去る燕**

**帰る燕**　かえるつばめ　かへるつばめ　仲秋　⇨燕帰る

**鵙の高音**　もずのたかね　三秋　⇩鵙《もず》〔10頁〕

**菊戴**　きくいただき　晩秋

キクイタダキ科の鳥。体長約六センチ。頭に菊を載せているように見えることからこの名。

**白鶺鴒**　はくせきれい　三秋　⇩鶺鴒《せきれい》〔66頁〕

**にはくなぶり**　にわくなぶり　三秋　⇩鶺鴒〔同右〕

鶺鴒《せきれい》の古名。

**白頭翁**　はくとうおう　はくとうをう　三秋　⇩椋鳥〔66頁〕

椋鳥の別名。頭部が白いことから。

**築後鴉**　ちくごがらす　三秋　⇩鵲《かささぎ》〔66頁〕

**肥前鴉**　ひぜんがらす　三秋　⇩鵲〔同右〕

**鶉の床**　うずらのとこ　うづらのとこ　三秋　⇩鶉《うずら》〔28頁〕

**反嘴鴫**　そりはししぎ　三秋　⇩鴫《しぎ》〔11頁〕

**赤脚鴫**　あかあししぎ　三秋　⇩鴫〔同右〕

**鴫突網**　しぎつきあみ　三秋　⇩鴫〔同右〕

**鴫の羽掻**　しぎのはがき　三秋　⇩鴫〔同右〕

**酒面雁**　さかつらがん　晩秋　⇩雁《かり》〔11頁〕

**雲井の雁**　くもいのかり　くもゐのかり　晩秋　⇩雁〔同右〕

**尾越の鴨**　おごしのかも　をごしのかも　仲秋

峰を越えて山中の湖沼に渡ってくる鴨。

**秋の金魚**　あきのきんぎょ　三秋

**下り鰻**　くだりうなぎ　三秋　⇩落鰻《おちうなぎ》〔116頁〕

**木葉山女**　このはやまめ　晩秋

木の葉が散る時期の山女。

**からすみ鯔**　からすみぼら　仲秋　⇩鯔《ぼら》〔12頁〕

**戻り鰹**　もどりがつお　もどりがつを　三秋　⇩秋鰹《あきがつお》〔117頁〕

**宗太鰹／惣太鰹**　そうだかつお　そうだかつを　三秋

サバ科の海水魚。鰹よりも小ぶり。

4音　**こがつを**

5音　**丸宗太《まるそうだ》　平宗太《ひらそうだ》**

**鯷鰯**　ひしこいわし　仲秋　⇩鯷《ひしこ》〔30頁〕

**背黒鰯**　せぐろいわし　仲秋　⇩鯷〔同右〕

**秋の蛍**　あきのほたる　初秋

5音　**秋蛍《あきほたる》　病蛍《やみほたる》**

**残る蛍**　のこるほたる　初秋　⇨秋の蛍

**蜂の子飯**　はちのこめし　晩秋　⇩蜂の仔〔69頁〕

6音

**つくしこひし**　つくしこいし　初秋　⇩法師蟬〔118頁〕

**昔蜻蛉**　むかしとんぼ　三秋　⇩蜻蛉《とんぼ》〔30頁〕

**深山茜**　みやまあかね　三秋　⇩赤蜻蛉《あかとんぼ》〔118頁〕

**のしめ蜻蛉**　のしめとんぼ　三秋　⇩赤蜻蛉〔同右〕

**紋蜉蝣**　もんかげろう　もんかげろふ　初秋　⇩蜉蝣《かげろう》〔70頁〕

**斑蜻蛉**　まだらとんぼ　初秋　⇩蜉蝣〔同右〕

**えび蟋蟀**　えびこおろぎ　えびこほろぎ　三秋　⇩竈馬《いとど》〔30頁〕

**姫蟋蟀**　ひめこおろぎ　ひめこほろぎ　三秋　⇩蟋蟀《こおろぎ》〔70頁〕

**青松虫**　あおまつむし　あをまつむし　初秋　⇩松虫〔70頁〕

**ちんちろりん**　初秋　⇩松虫〔同右〕

**機織虫**　はたおりむし　初秋　⇩螽斯《きりぎりす》〔119頁〕

**馬追虫**　うまおいむし　うまおひむし　初秋　⇩馬追《うまおい》〔71頁〕

**実盛虫**　さねもりむし　三秋　⇩浮塵子《うんか》〔31頁〕

**背白浮塵子**　せじろうんか　三秋　⇩浮塵子〔同右〕

**大横這**　おおよこばい　おほよこばひ　三秋　⇩横這《よこばい》〔71頁〕

**鬼の捨子**　おにのすてご　三秋　⇩蓑虫《みのむし》〔72頁〕

**父乞虫**　ちちこうむし　ちちこふむし　三秋　⇩蓑虫〔同右〕

**蓑虫鳴く**　みのむしなく　三秋　⇩蓑虫〔同右〕

**小豆洗**　あずきあらい　あづきあらひ　初秋　⇩茶立虫《ちゃたてむし》〔120頁〕

**隠座頭**　かくれざとう　初秋　⇩茶立虫〔同右〕

**へっぴりむし**　へっぴりむし　初秋　⇩放屁虫《へひりむし》〔120頁〕

**菊吸虫**　きくすいむし　きくすひむし　三秋

カミキリムシ科の甲虫。体長約八ミリ。幼虫が菊の茎を食べる。

4音 **菊吸《きくすい》**

8音 **菊吸天牛《きくすいかみきり》**

**針金虫**　はりがねむし　初秋

太さ数ミリ長さ数十センチの類線形動物。幼虫が蟷螂《かまきり》などに寄生。

5音 **あしまとひ**

**竹節虫**　ななふしむし　仲秋　⇩七節《ななふし》〔72頁〕

**晩秋蚕**　ばんしゅうさん　ばんしうさん　仲秋　⇩秋蚕《あきご》〔31頁〕

**藻に住む虫**　もにすむむし　三秋　⇩われから〔72頁〕

**藻に鳴く虫**　もになくむし　三秋　⇩われから〔同右〕

## 6音　植物

**八朔梅**　はっさくばい　仲秋

八朔（旧暦八月一日）頃から咲く梅。

8音 **八朔紅梅《はっさくこうばい》**

**からくれなゐ**　からくれない　仲秋　⇨八朔梅

**金木犀**　きんもくせい　仲秋　⇩木犀《もくせい》〔73頁〕

例 金木犀午前の無為のたのしさよ　石田波郷

**銀木犀**　ぎんもくせい　仲秋　⇩木犀〔同右〕

例 銀木犀指切るほどの兄もゐず　塚本邦雄

**桂の花**　かつらのはな　仲秋　⇩木犀〔同右〕

**水蜜桃**　すいみつとう　すいみつたう　初秋　⇩桃〔13頁〕

例 さえざえと水蜜桃の夜明かな　加藤秋邨

**天津桃**　てんしんとう　てんしんたう　初秋　⇩桃〔同右〕

**長十郎**　ちょうじゅうろう　ちやうじふらう　三秋　⇩梨〔13頁〕

**二十世紀**　にじっせいき　三秋　⇩梨〔同右〕

**身不知柿**　みしらずがき　晩秋　⇩柿〔13頁〕

**西条柿**　さいじょうがき　さいでうがき　晩秋　⇩柿〔同右〕

**平核無**　ひらたねなし　晩秋　⇩柿〔同右〕

**出落栗**　でておちぐり　晩秋　⇩栗〔14頁〕
丹波栗《たんばぐり》の別名。

**柑子蜜柑**　こうじみかん　かうじみかん　晩秋　⇩柑子《こうじ》〔33頁〕

**回青橙**　かいせいとう　くわいせいたう　晩秋　⇩橙《だいだい》〔74頁〕

**姫橘**　ひめたちばな　晩秋　⇩金柑《きんかん》〔75頁〕

**海棠木瓜**　かいどうぼけ　かいだうぼけ　晩秋　⇩榠樝《かりん》の実〔122頁〕

**妻恋草**　つまこいぐさ　つまこひぐさ　晩秋　⇩紅葉《もみじ》〔33頁〕

**楓紅葉**　かえでもみじ　かへでもみぢ　晩秋　⇩紅葉〔同右〕

**いろは紅葉**　いろはもみじ　いろはもみぢ　晩秋　⇩楓《かえで》〔34頁〕

**三つ手かへで**　みつでかえで　みつでかへで　晩秋　⇩楓〔同右〕

**銀杏黄葉**　いちょうもみじ　いちやうもみぢ　晩秋
銀杏の葉が黄色く色づくこと。

**青松笠／青松毬**　あおまつかさ　あをまつかさ　晩秋　⇩新松子《しんちぢり》〔123頁〕

**桐の葉落つ**　きりのはおつ　初秋　⇩桐一葉〔123頁〕

**柳黄ばむ**　やなぎきばむ　仲秋　⇩柳散る〔123頁〕

**木の実時雨**　このみしぐれ　晩秋　⇩木の実〔34頁〕

**木の実拾ふ**　このみひろう　このみひろふ　晩秋　⇩木の実〔同右〕

**南天の実**　なんてんのみ　晩秋
小さな実が多数つき赤く熟す。
4音　**南天《なんてん》燭**
5音　**実《み》南天《なんてん》**

**白南天**　しろなんてん　晩秋　⇨南天の実

**枸橘の実／枳殻の実**　からたちのみ　晩秋

ミカン科の落葉低木で小さな黄色の実をつける。

3音　**枸橘《くきつ》　枳殻《きこく》　枳実《きじつ》**

**山茱萸の実**　さんしゅゆのみ　初秋

ミズキ科の落葉小高木。春についた実が秋に赤く熟す。生薬や果実酒になる。

4音　**やまぐみ**

5音　**秋珊瑚《あきさんご》**

**梔子の実／山梔子の実**　くちなしのみ　仲秋

アカネ科の常緑低木。実は約二センチの長楕円形で赤黄色。生薬や染料になる。

**団栗独楽**　どんぐりごま　晩秋　⇩団栗〔76頁〕

**団栗餅**　どんぐりもち　晩秋　⇩団栗〔同右〕

**あららぎの実**　あららぎのみ　晩秋　⇩一位《いちい》の実〔124頁〕

**山錦木**　やまにしきぎ　晩秋　⇩檀《まゆみ》の実〔124頁〕

**臭木の花／常山木の花**　くさぎのはな　初秋

シソ科の落葉低木。白い五裂花が群がって咲く。

4音　**臭桐《くさぎり》**

**蚊母樹の実**　いすのきのみ　晩秋　⇩瓢《ひょん》の実〔77頁〕

**山椒の実**　さんしょうのみ　さんせうのみ　初秋

ミカン科の落葉低木。実は秋に赤く熟す。なお青山椒は晩夏の季語。

4音　**蜀椒《しょくしょう》**

5音　**実山椒《みざんしょう》**

**ピラカンサス**　晩秋　⇩ピラカンサ〔125頁〕

**玫瑰の実／浜茄子の実**　はまなすのみ　初秋

バラ科の落葉低木。直径約二センチで赤く熟す。

5音　**実《み》玫瑰《はまなす》**

**浜梨の実**　はまなしのみ　初秋　⇩玫瑰《はまなす》の実〔152頁〕

**野茨の実**　のいばらのみ　晩秋　⇩茨の実〔125頁〕

**ローズヒップ**　晩秋　⇩茨の実〔同右〕

**通草かづら**　あけびかずら　あけびかづら　仲秋　⇩通草《あけび》〔34頁〕

**朝顔の実**　あさがおのみ　あさがほのみ　仲秋

花の後につく実は緑色から次第に褐色になり、黒い種子が落ちる。

4音 **牽牛子《けんごし》**

7音 **朝顔の種**

**房鶏頭**　ふさけいとう　三秋　⇩鶏頭〈78頁〉

**ちゃぼ鶏頭**　ちゃぼけいとう　三秋　⇩鶏頭〈同右〉

**紐鶏頭**　ひもけいとう　三秋　⇩鶏頭〈同右〉

**雁来紅**　がんらいこう　三秋　⇩葉鶏頭〈126頁〉

**木立ダリア**　こだちだりあ　晩秋　⇩皇帝ダリア〈168頁〉

**鬱金の花**　うこんのはな　初秋

ショウガ科の多年草。白い漏斗状の花が咲く。

5音 **きぞめぐさ**

**紅梅草**　こうばいぐさ　初秋　⇩仙翁花《せんのうげ》〈126頁〉

**白粉花**　おしろいばな　仲秋

花はラッパ状で白、黄、紅色など色は様々。

4音 **おしろい**　**野茉莉《のまつり》**

5音 **夕化粧《ゆうげしょう》**　**金化粧《きんげしょう》**　**銀化粧《ぎんげしょう》**

7音 **紫茉莉《むらさきまつり》**

**白粉草**　おしろいぐさ　仲秋　⇨白粉花

**虫鬼灯**　むしほおずき　むしほほづき　初秋　⇩鬼灯《ほおずき》〈79頁〉

**爪紅**　つめくれない　つめくれなゐ　初秋　⇩鳳仙花〈127頁〉

**秋海棠**　しゅうかいどう　しうかいだう　初秋

シュウカイドウ科の多年草。丈は約七〇センチ、淡紅色の花が下向きに咲く。

5音 **断腸花《だんちょうか》**

**厚物咲**　あつものざき　三秋　⇩菊〈15頁〉

花弁の多い観賞用の菊。

**懸崖菊**　けんがいぎく　三秋　⇩菊〈同右〉

**籬の菊**　まがきのきく　三秋　⇩菊〈同右〉

**蒼朮の花**　おけらのはな　をけらのはな　仲秋

キク科の多年草。白または淡紅色の花が咲く。

3音 **うけら　朮《おけら》**
4音 **蒼朮《そうじゆつ》　白朮《びやくじゆつ》**

**茴香の実**　ういきょうのみ　ういきやうのみ　仲秋
セリ科の多年草。実は楕円形で香辛料や薬草になる。
7音 **くれのおもの実**

**フェンネルの実**　仲秋　⇨茴香の実

**貝殻草**　かいがらそう　かひがらさう　初秋
キク科の多年草。花は黄色で管状。
5音 **貝細工草《かいざいく》**

**弁慶草**　べんけいそう　べんけいさう　三秋
ベンケイソウ科の多年草。淡黄色の五弁花が咲く。
4音 **活草《いきくさ》　つきくさ**
5音 **血止草《ちどめぐさ》　根無草《ねなしぐさ》　ふくれ草《そう》　葉酸漿《はほおずき》**

**八幡草**　はちまんそう　はちまんさう　三秋　⇨弁慶草

**西瓜畑**　すいかばたけ　すいくわばたけ　初秋　⇩西瓜〔35頁〕

**夕顔の実**　ゆうがおのみ　ゆふがほのみ　初秋
夕顔（晩夏）の実は若いものは漬物などに、熟したものは干して干瓢《かんぴょう》になる。

**青瓢箪**　あおびょうたん　あをべうたん　三秋　⇩瓢《ふくべ》〔35頁〕

**じゃがたらいも**　じゃがたらいも　初秋　⇩馬鈴薯〔80頁〕

**天井守**　てんじょうもり　てんじやうもり　三秋　⇩唐辛子〔129頁〕

**茗荷の花**　みょうがのはな　めうがのはな　初秋
茗荷はショウガ科の多年草。花は黄色く大ぶり。なお、茗荷竹（若芽）は晩春、茗荷の子（花穂《かすい》）は晩夏の季語。
5音 **秋茗荷《あきみょうが》**

**水影草**　みずかげぐさ　みづかげぐさ　三秋　⇩稲〔15頁〕

**室のおしね**　むろのおしね　晩秋　⇩晩稲《おくて》〔37頁〕

**落穂拾ひ**　おちぼひろい　おちぼひろひ　晩秋　⇩落穂〔37頁〕

**琉球薯**　りゅうきゅういも　りうきういも　仲秋　⇩甘薯《さつまいも》〔129頁〕

**玉蜀黍**　とうもろこし　たうもろこし　仲秋
4音 **もろこし　玉黍《とうきび》／唐黍《とうきび》　なんばん**

**南蛮黍** なんばんきび 仲秋 ⇨玉蜀黍

**高麗黍** こうらいきび かうらいきび 仲秋 ⇨玉蜀黍

**焼唐黍** やきとうきび やきたうきび 仲秋 ⇨玉蜀黍

**田畦豆** たのくろまめ 晩秋 ⇩畦豆《あぜまめ》〔83頁〕

**隠元豆** いんげんまめ 初秋

4音 **菜豆**《いんげん》

5音 **唐豇**《とうささげ》 **鶉豆**《うずらまめ》 **花豇豆**《はなささげ》

7音 **隠元豇**《いんげんささげ》

**莢隠元** さやいんげん 初秋 ⇨隠元豆

**南京豆** なんきんまめ 晩秋 ⇩落花生〔130頁〕

**唐人豆** とうじんまめ たうじんまめ 晩秋 ⇩落花生〔同右〕

**唐花草** からはなそう からはなさう 初秋 ⇩ホップ〔38頁〕

**ホップの花** 初秋 ⇩ホップ〔同右〕

**煙草の花** たばこのはな 初秋

ナス科の一年草。薄桃色の筒状の花が多数咲く。

5音 **花煙草**《はなたばこ》

**薄荷の花** はっかのはな はくかのはな 初秋

シソ科の多年草。薄紫色の花が群れて咲く。

3音 **めぐさ**

**ミントの花** 初秋 ⇨薄荷の花

**千草の花** ちぐさのはな 三秋 ⇩草の花〔130頁〕

**草の穂絮** くさのほわた 三秋 ⇩草の穂〔83頁〕

**草の実飛ぶ** くさのみとぶ 三秋 ⇩草の実〔84頁〕

**草の錦** くさのにしき 晩秋 ⇩草紅葉《くさもみじ》〔131頁〕

**色づく草** いろづくくさ 晩秋 ⇩草紅葉〔同右〕

**草の紅葉** くさのもみじ くさのもみぢ 晩秋 ⇩草紅葉〔同右〕

**秋七草** あきななくさ 三秋 ⇩秋の七草〔169頁〕

**秋の名草** あきのなぐさ 三秋 ⇩秋の七草〔同右〕

**鹿鳴草** しかなきぐさ 初秋 ⇩萩〔16頁〕

**鹿妻草** しかつまぐさ 初秋 ⇩萩〔同右〕

**宮城野萩** みやぎのはぎ 初秋 ⇩萩〔同右〕

**萩の主** はぎのあるじ 初秋 ⇩萩〔同右〕

**袖波草**　そでなみぐさ　三秋　⇩芒〔38頁〕

**頻浪草**　しきなみぐさ　三秋　⇩芒〔同右〕

**尾花が袖**　おばながそで　をばながそで　三秋　⇩尾花〔38頁〕

**尾花の波**　おばなのなみ　をばなのなみ　三秋　⇩尾花〔同右〕

**蘆の穂絮**　あしのほわた　晩秋

蘆の花〔132頁〕の後、実が黒紫色に熟し、糸状の絮《わた》を飛ばす。

4音　**蘆《あし》の穂《ほ》**

**風持草**　かぜもちぐさ　三秋　⇩荻〔17頁〕

**風聞草**　かぜききぐさ　三秋　⇩荻〔同右〕

**厚岸草**　あっけしそう　あっけしさう　晩秋

ヒユ科の一年草。浜の砂地と海水の境界に自生。茎から多数伸びた枝が秋になると紫色になる。

4音　**浜杉《はますぎ》　浜松《はままつ》**

5音　**谷地珊瑚《やちさんご》　珊瑚草《さんごそう》**

**泡立草**　あわだちそう　あわだちさう　初秋

キク科の多年草。直立した茎の先に黄色の花が咲く。

例　後れじと泡立草も絮飛ばす　右城暮石

8音　**秋の麒《き》麟草《りんそう》**

10音　**背高泡立草《せいたかあわだちそう》**

**葛の葉裏**　くずのはうら　三秋　⇩葛《くず》〔17頁〕

**常葉通草**　ときわあけび　ときはあけび　初秋　⇩郁子《むべ》〔17頁〕

**美男葛**　びなんかずら　びなんかづら　初秋

マツブサ科の蔓性常緑樹。赤い小さな実が多数つく。

5音　**真葛《さねかずら》／実葛《さねかずら》／南五味子《さねかずら》　さなかづら**

**とろろかづら**　とろろかずら　初秋　⇨美男葛

**ふのりかづら**　ふのりかずら　初秋　⇨美男葛

**鉄道草**　てつどうぐさ　てつだうぐさ　初秋　⇩姫昔蓬《ひめむかしよもぎ》〔176頁〕

**竜脳菊**　りゅうのうぎく　りうなうぎく　仲秋　⇩野菊〔39頁〕

**荒地野菊／野塘菊**　あれちのぎく　仲秋

7音　**犬地黄菊《いぬじおうぎく》**

**秋明菊**　しゅうめいぎく　しうめいぎく　晩秋　⇩貴船菊《きぶねぎく》〔133頁〕

**めはじきぐさ**　初秋　⇩目はじき〔85頁〕

**香水蘭**　こうすいらん　かうすいらん　初秋　⇩藤袴《ふじばかま》〔133頁〕

**狗尾草**　えのころぐさ　ゑのころぐさ　三秋

イネ科の一年草。薄緑色の長い花穂《かすい》を垂らす。

例　こゑといふこゑのゑのころ草となる　小津夜景

5音　**猫じやらし**　**ゑのこ草《ぐさ》**　**犬子草《いぬこぐさ》**

8音　**紫ゑのころ**

**浜ゑのころ**　はまえのころ　はまゑのころ　三秋　⇨狗尾草

**金ゑのころ**　きんえのころ　きんゑのころ　三秋　⇨狗尾草

**鵯花**　ひよどりばな　初秋

キク科の多年草。淡紅または白色の花が密生して咲く。

4音　**山蘭《さんらん》**

**天蓋花**　てんがいばな　仲秋　⇩曼殊沙華〔134頁〕

**幽霊花**　ゆうれいばな　いうれいばな　仲秋　⇩曼殊沙華〔同右〕

**蟻の火吹き**　ありのひふき　初秋　⇩桔梗《ききょう》〔39頁〕

**聖霊花**　しょうりょうばな　しやうりやうばな　初秋　⇩千屈菜《みそはぎ》〔86頁〕

**水掛草／水懸草**　みずかけぐさ　みづかけぐさ　初秋　⇩千屈菜〔同右〕

**金線草**　きんせんそう　きんせんさう　初秋　⇩水引の花〔170頁〕

**銀水引**　ぎんみずひき　ぎんみづひき　初秋　⇩水引の花〔同右〕

**御所水引**　ごしょみずひき　ごしよみづひき　初秋　⇩水引の花〔同右〕

**釣船草／吊船草**　つりふねそう　つりふねさう　仲秋

湿地に自生する一年草。約四センチの赤紫色の花が吊り下がるように咲く。

5音　**黄釣船《きつりふね》**

7音　**山鳳仙花《やまほうせんか》**

8音　**紫釣船《むらさきつりふね》**　**河原鳳仙花《かわらほうせんか》**

**法螺貝草**　ほらがいそう　ほらがいさう　仲秋　⇨釣船草

**ゆびはめぐさ**　ゆびはめぐさ　仲秋　⇨釣船草

**野鳳仙花**　のほうせんか　のほうせんくわ　仲秋　⇨釣船草

**笹竜胆**　ささりんどう　ささりんだう　仲秋　⇩竜胆《りんどう》〔86頁〕

**竜胆草**　たつのいぐさ　仲秋　⇩竜胆〔同右〕

**蔓竜胆**　つるりんどう　つるりんだう　仲秋　⇩竜胆〔同右〕

**蝦夷竜胆**　えぞりんどう　えぞりんだう　仲秋　⇩竜胆〔同右〕

**松虫草／山蘿蔔**　まつむしそう　まつむしさう　初秋

茎の先に直径約四センチで薄紫色の花が咲く。

9音　**高嶺《たかね》松虫草《まつむしそう》**

**輪鋒菊**　りんぼうぎく　初秋　⇨松虫草

**鴨跖草**　おうせきそう　あうせきさう　三秋　⇩露草〔86頁〕

**弟切草**　おとぎりそう　おとぎりさう　初秋

黄色い五弁花が一日で咲き終わる。茎と葉は薬用。

5音　**おとぎりす**　**薬師草《やくしそう》**　**青薬《あおぐすり》**

**小連翹**　しょうれんぎょう　せうれんげう　初秋　⇨弟切草

**赤のまんま**　あかのまんま　初秋

タデ科の一年草。花弁のない紅色の小花を多数つける。

4音　**犬蓼《いぬたで》**　**花蓼《はなたで》**

5音　**赤のまま**　**赤まんま**

**蒲の穂絮**　がまのほわた　初秋　⇩蒲《がま》の絮《わた》〔136頁〕

**黒皮茸**　くろかわたけ　くろかはたけ　晩秋　⇩茸《きのこ》〔39頁〕

**畑占地**　はたけしめじ　はたけしめぢ　晩秋　⇩占地《しめじ》〔39頁〕

**苦栗茸**　にがくりたけ　三秋　⇩毒茸《どくたけ》〔87頁〕

**万年茸**　まんねんたけ　三秋　⇩猿の腰掛〔171頁〕

## 7音の季語

### 7音　時候

**文披月**　ふみひらきづき　初秋　⇩文月《ふみづき》〔40頁〕

**文披月**　ふみひろげづき　初秋　⇩文月〔同右〕

**女郎花月**　おみなえしづき　をみなへしづき　初秋　⇩文月〔同右〕

**涼風至る**　りょうふういたる　りやうふういたる　初秋
七十二候で中国・日本ともに八月七日頃から約五日間。

**涼風至る**　すずかぜいたる　初秋　⇨涼風至る

**新たに涼し**　あらたにすずし　初秋　⇩新涼《しんりょう》〔41頁〕

**初めて涼し**　はじめてすずし　初秋　⇩新涼〔同右〕

**燕去月**　つばめさりづき　仲秋　⇩葉月〔18頁〕

**鴻雁来る**　こうがんきたる　仲秋
七十二候（中国）で九月七日頃から約五日間。日本の七十二候では一〇月八日頃から約五日間。

**玄鳥帰る**　げんちょうかえる　げんてうかへる　仲秋
七十二候（中国）で九月一二日頃から約五日間。玄鳥とは燕のこと。

**秋の夕暮**　あきのゆうぐれ　あきのゆふぐれ　三秋　⇩秋の暮〔89頁〕

**鴻雁来る**　こうがんきたる　晩秋
七十二候（日本）で一〇月八日頃から約五日間。中国の七十二候では九月七日頃から約五日間。

**菊黄花有り**　きくこうかあり　きくくわうくわあり　晩秋
七十二候（中国）で一〇月一八日頃から約五日間。

**漸寒し**　ようようさむし　やうやうさむし　晩秋　⇩やや寒〔43頁〕

**虫穴に入る**　むしあなにいる　晩秋　⇩蟄虫咸俯す《ちつちゅうみなふす》〔172頁〕

**秋ぞ隔る**　あきぞへだたる　晩秋　⇩行く秋〔44頁〕

## 7音　天文

**月の顔**　つきのかんばせ　三秋　⇩月〔8頁〕

**上弦の月**　じょうげんのつき　じやうげんのつき　三秋　⇩上《のぼ》り月《づき》〔92頁〕

**上の弓張**　かみのゆみはり　仲秋　⇩弓張月《ゆみはりづき》〔139頁〕

**下の弓張**　しものゆみはり　仲秋　⇩弓張月〔同右〕

**待宵の月**　まつよいのつき　まつよひのつき　仲秋　⇩待宵《まつよい》〔46頁〕

**中秋無月**　ちゅうしゅうむげつ　ちゆうしうむげつ　仲秋　⇩無月〔20頁〕

**曇る名月**　くもるめいげつ　仲秋　⇩無月〔同右〕

**十六夜の月**　いざよいのつき　いざよひのつき　仲秋　⇩十六夜《いざよい》〔46頁〕

**十六夜月**　じゅうろくやづき　じふろくやづき　仲秋　⇩十六夜〔同右〕

**臥待の月**　ふしまちのつき　仲秋　⇩臥待月《ふしまちづき》〔139頁〕

**更待の月**　ふけまちのつき　仲秋　⇩更待月《ふけまちづき》〔140頁〕

**有明月夜**　ありあけづきよ　仲秋　⇩有明月《ありあけづき》〔140頁〕

**真夜中の月**　まよなかのつき　仲秋　⇩二十三夜《にじゅうさんや》〔140頁〕

**女名月**　おんなめいげつ　をんなめいげつ　晩秋　⇩後《のち》の月《つき》〔93頁〕

**後の名月**　のちのめいげつ　晩秋　⇩後の月〔同右〕

**秋の初風**　あきのはつかぜ　初秋

秋になって最初に吹く風。

4音　**初風《はつかぜ》**

6音　**初秋風《はつあきかぜ》**

**秋の大風**　あきのおおかぜ　あきのおほかぜ　三秋　⇩秋の嵐〔141頁〕

**台風一過**　たいふういっか　たいふういつくわ　仲秋　⇩台風〔48頁〕

**後の村雨**　のちのむらさめ　三秋　⇩秋の雨〔95頁〕

**富士の初雪**　ふじのはつゆき　仲秋

9音　**富士の初冠雪《はつかんせつ》**

**秋の夕焼**　あきのゆうやけ　あきのゆふやけ　三秋

例　濃く浄き秋の夕焼誰も見ず　相馬遷子

6音　**秋夕焼《あきゆうやけ》**　**秋夕映《あきゆうばえ》**

## 7音　地理

**野山色づく**　のやまいろづく　晩秋　⇩野山の色〔141頁〕

**野山の錦**　のやまのにしき　晩秋

5音　**野の錦**

6音　**秋の錦**　**山の錦**

**草木の錦**　くさきのにしき　晩秋　⇨野山の錦

**錦の野山**　にしきののやま　晩秋　⇨野山の錦

**秋の湖**　あきのみずうみ　あきのみづうみ　三秋

**秋の大潮**　あきのおおしお　あきのおほしほ　仲秋　⇩初潮《はつしお》〔50頁〕

## 7音　生活

**秋の帷子**　あきのかたびら　三秋　⇩秋の服〔98頁〕

**松茸ごはん**　まつたけごはん　仲秋⇩松茸飯《まつたけめし》〔142頁〕

**灯火親しむ**　とうかしたしむ　とうくわしたしむ　三秋

例　リーチ棒灯火親しむべく放る　守屋明俊

6音　**灯火親し**　**灯火の秋**

**簾の名残**　すだれのなごり　仲秋　⇩秋簾《あきすだれ》〔101頁〕

**簾の別れ**　すだれのわかれ　仲秋　⇩秋簾〔同右〕

**添水唐臼**　そうずからうす　そふづからうす　三秋　⇩添水《そうず》〔22頁〕

**稲虫送り**　いなむしおくり　仲秋　⇩虫送り〔101頁〕

**実盛祭**　さねもりまつり　仲秋　⇩虫送り〔同右〕

**実盛送**　さねもりおくり　仲秋　⇩虫送り〔同右〕

**稲扱筵**　いねこきむしろ　仲秋　⇩稲扱〔54頁〕

**相撲節会**　すまいのせちえ　すまひのせちゑ　初秋　⇩相撲
〔24頁〕

**素人相撲**　しろうとずもう　しろうとずまふ　初秋　⇩相撲
〔同右〕

**相撲番付**　すもうばんづけ　すまふばんづけ　初秋　⇩相撲
〔同右〕

**夜間学校**　やかんがっこう　やかんがくかう　三秋　⇩夜学
〔25頁〕

## 7音　行事

**高きに登る**　たかきにのぼる　晩秋

重陽（58頁）に茱萸《ぐみ》を入れた袋を持って高い所へ登る、厄祓いの習わし。

例 行く道のままに高きに登りけり　富安風生

例 お天守へ高きに登る心もて　高浜年尾

例 一足の石の高きに登りけり　高浜虚子

4音 **登高《とうこう》**

**七夕祭**　たなばたまつり　初秋　⇩七夕〔58頁〕

**七夕送り**　たなばたおくり　初秋　⇩七夕〔同右〕

**七夕流し**　たなばたながし　初秋　⇩七夕〔同右〕

**精霊祭／聖霊祭**　しょうりょうまつり　しやうりやうまつり
初秋　⇩魂祭《たままつり》〔107頁〕

**灯籠流**　とうろうながし　初秋

盆〔10頁〕の終わりに灯籠を海や川に流す行事。

4音 **流灯《りゅうとう》**

5音 **流灯会《りゅうとうえ》**

6音 **精霊舟《しょうりょうぶね》**　**灯籠舟《とうろうぶね》**

**精霊流**　しょうりょうながし　しやうりやうながし　初秋　⇨
灯籠流

**盆の藪入**　ぼんのやぶいり　初秋　⇩盆休〔109頁〕

**念仏踊**　ねんぶつおどり　ねんぶつをどり　初秋　⇩踊〔26頁〕

**題目踊**　だいもくおどり　だいもくをどり　初秋　⇩踊〔同右〕

**灯籠踊**　とうろうおどり　とうろうをどり　初秋　⇩踊〔同右〕

**豊年踊**　ほうねんおどり　ほうねんをどり　初秋　⇩踊〔同右〕

**鹿の角伐**　しかのつのきり　晩秋

春日大社（奈良市）の鹿の角を切る行事。

**夷子講市**　えびすこういち　えびすかういち　晩秋　⇩べったら市〔146頁〕

**五山送り火**　ござんおくりび　初秋　⇩大文字〔110頁〕

八月一六日、京都で行われる送り火。大文字、妙法、船形、左大文字、鳥居形の五つをいう。

**六斎踊**　ろくさいおどり　ろくさいをどり　初秋　⇩六斎念仏《ろくさいねんぶつ》〔174頁〕

**六道参**　ろくどうまいり　ろくだうまゐり　初秋

盆の精霊《しょうりょう》を迎える行事。京都市内のいくつかの寺で八月に行われる。

4音　**槇売《まきうり》**

5音　**迎鐘《むかえがね》**

**精霊迎**　しょうりょうむかえ　しやうりやうむかへ　初秋　⇨六道参

**深川祭**　ふかがわまつり　ふかがはまつり　初秋

八月一五日、富岡八幡宮（東京都江東区）の祭礼。

11音　**深川八幡祭《ふかがわはちまんまつり》**

**富岡祭**　とみおかまつり　初秋　⇨深川祭

**吉田火祭**　よしだひまつり　初秋

八月二六日、北口本宮冨士浅間神社（山梨県吉田市）の祭礼。

4音　**火祭《ひまつり》**

6音　**芒祭《すすきまつり》**　**火伏祭《ひぶせまつり》**

10音　**吉田浅間祭《よしだせんげんまつり》**

**御射山祭**　みさやままつり　初秋

八月二六日～二八日、諏訪大社（長野県諏訪市及び諏訪郡）の祭礼。

6音　**御射山狩《みさやまがり》**　**穂屋の祭《ほやのまつり》**　**穂屋の芒《ほやのすすき》**

**花笠踊** はながさおどり はながさをどり 初秋

八月二四日に直近の日曜日、志古淵《しこぶち》神社(京都市)に奉納される踊り。

**だらだら祭** だらだらまつり 仲秋 ⇩芝神明祭《しばしんめいまつり》〈177頁〉

**金刀比羅祭** ことひらまつり 晩秋

一〇月九日～一一日、金刀比羅宮(香川県琴平町)の例大祭。

**金毘羅祭** こんぴらまつり 晩秋 ⇨金刀比羅祭

**平安祭** へいあんまつり 晩秋 ⇩時代祭〈147頁〉

**被昇天祭** ひしょうてんさい 初秋

八月一五日、聖母マリアのキリストによる昇天を祝う祭祀。

5音 **聖母祭《せいぼさい》**

9音 **聖母昇天祭《せいぼしょうてんさい》**

**東洋城忌** とうようじょうき とうやうじやうき 晩秋

一〇月二八日。俳人、松根東洋城(一八七八～一九六四)の忌日。

5音 **城雲忌《じょううんき》** **城翁忌《じょうおうき》**

**鳥羽僧正忌** とばそうじょうき とばそうじやうき 晩秋

旧暦九月一五日。天台宗の僧、鳥羽僧正(一〇五三～一一四〇)の忌日。

5音 **覚猷忌《かくゆうき》**

## 7音 動物

**熊の栗架** くまのくりだな 晩秋 ⇩熊栗架《くまくりだな》を掻《か》く〈178頁〉

**蛇穴に入る** へびあなにいる 仲秋

例 山中に解脱して蛇穴に入る 村越化石

例 蛇穴に入る日溜りの献血車 仁平勝

5音 **秋の蛇** **穴惑《あなまどい》**

**穴に入る蛇** あなにいるへび 仲秋 ⇨蛇穴に入る

例 穴に入る蛇あかあかとかがやけり 沢木欣一

**蟻穴に入る** ありあなにいる 仲秋

**穴に入る蟻**　あなにいるあり　仲秋　⇨蟻穴に入る
**両片鴘**　もろかたかえり　もろかたかへり　初秋　⇩鷹《たか》の塒出《とやで》〔147頁〕
**網掛の鷹**　あみがけのたか　初秋　⇩荒鷹〔65頁〕
**朝鳥渡る**　あさどりわたる　仲秋・晩秋　⇩渡り鳥〔114頁〕
**巣を去る燕**　すをさるつばめ　仲秋　⇩燕帰る〔148頁〕
**鵙の早贄／鵙の速贄**　もずのはやにえ　もずのはやにへ　三秋　⇩鵙《もず》の贄《にえ》〔114頁〕
**鵙の贄刺**　もずのにえさし　もずのにへさし　三秋　⇩鵙の贄〔同右〕
**鵙の草茎**　もずのくさぐき　三秋　⇩鵙の贄〔同右〕
**八丈鶫**　はちじょうつぐみ　はちぢやうつぐみ　晩秋　⇩鶫《つぐみ》〔27頁〕
**銀山猿子**　ぎんざんましこ　晩秋　⇩猿子鳥《ましこどり》〔114頁〕
**恋教鳥**　こいおしえどり　こひをしへどり　三秋　⇩鶺鴒《せきれい》〔66頁〕
**背黒鶺鴒**　せぐろせきれい　三秋　⇩鶺鴒〔同右〕
**石見鶺鴒**　いわみせきれい　いはみせきれい　三秋　⇩鶺鴒〔同右〕
**高麗鴉**　こうらいがらす　かうらいがらす　三秋　⇩鵲《かささぎ》〔66頁〕
**朝鮮鴉**　ちょうせんがらす　てうせんがらす　三秋　⇩鵲〔同右〕
**鴫の羽掻**　しぎのはねがき　三秋　⇩鴫《しぎ》〔11頁〕
**鴫の看経**　しぎのかんきん　三秋　⇩鴫〔同右〕
**四十雀雁**　しじゅうからがん　しじふからがん　晩秋　⇩雁《かり》〔11頁〕
**海猫帰る**　うみねこかえる　うみねこかへる　仲秋
海猫が越冬地の南方へ帰っていくこと。
5音　**海猫《ごめ》帰る　残る海猫《ごめ》　海猫《ごめ》残る**
**小瀑江鮒**　こざらしえぶな　仲秋　⇩鰡《ぼら》〔12頁〕
**片口鰯**　かたくちいわし　仲秋　⇩鯷《ひしこ》〔30頁〕
**縮緬鰯**　ちりめんいわし　仲秋　⇩鯷〔同右〕
**鼻曲り鮭**　はなまがりさけ　仲秋　⇩鮭〔12頁〕
**つくつく法師**　つくつくぼうし　つくつくぼふし　初秋　⇩

法師蟬〔118頁〕

（例）鳴き立てゝつくつく法師死ぬる日ぞ　夏目漱石

**くつくつぼふし**　くつくつぼうし　初秋　⇩法師蟬〔同右〕

**塩辛蜻蛉**　しおからとんぼ　しほからとんぼ　三秋　⇩蜻蛉《とんぼ》〔30頁〕

**麦藁蜻蛉**　むぎわらとんぼ　三秋　⇩蜻蛉〔同右〕

**精霊蜻蛉**　しょうりょうとんぼ　しやうりやうとんぼ　三秋　⇩蜻蛉〔同右〕

**眉立茜**　まゆたてあかね　三秋　⇩赤蜻蛉《あかとんぼ》〔118頁〕

**猩々蜻蛉**　しょうじょうとんぼ　しやうじやうとんぼ　三秋　⇩赤蜻蛉〔同右〕

**正雪蜻蛉**　しょうせつとんぼ　しやうせつとんぼ　初秋　⇩蜉蝣《かげろう》〔70頁〕

**白腹蜻蛉**　しろはらとんぼ　初秋　⇩蜉蝣〔同右〕

**おかま蟋蟀**　おかまこおろぎ　おかまこほろぎ　三秋　⇩竈馬《いとど》〔30頁〕

**裸蟋蟀**　はだかこおろぎ　はだかこほろぎ　三秋　⇩竈馬〔同右〕

**おさる蟋蟀**　おさるこおろぎ　おさるこほろぎ　三秋　⇩竈馬〔同右〕

**えんま蟋蟀**　えんまこおろぎ　えんまこほろぎ　三秋　⇩蟋蟀《こおろぎ》〔70頁〕

（例）あたたかい雨ですえんま蟋蟀です　三橋鷹女

**油蟋蟀**　あぶらこおろぎ　あぶらこほろぎ　三秋　⇩蟋蟀〔同右〕

**おかめ蟋蟀**　おかめこおろぎ　おかめこほろぎ　三秋　⇩蟋蟀〔同右〕

**きちきち螇蚸**　きちきちばった　初秋　⇩螇蚸《ばった》〔31頁〕

**殿様螇蚸**　とのさまばった　初秋　⇩螇蚸〔同右〕

**米搗螇蚸**　こめつきばった　初秋　⇩螇蚸〔同右〕

**精霊螇蚸**　しょうりょうばった　しやうりやうばった　初秋　⇩螇蚸〔同右〕

**鳶色浮塵子**　とびいろうんか　三秋　⇩浮塵子《うんか》〔31頁〕

**竹節虫**　たけのふしむし　仲秋　⇩七節《ななふし》〔72頁〕

**栗のしぎ虫**　くりのしぎむし　晩秋　⇩栗虫〔72頁〕

## 7音　植物

**薄黄木犀**　うすぎもくせい　仲秋　⇩木犀《もくせい》〔73頁〕

**甲州葡萄**　こうしゅうぶどう　かふしうぶだう　仲秋　⇩葡萄〔32頁〕

**種なし葡萄**　たねなしぶどう　たねなしぶだう　仲秋　⇩葡萄〔同右〕

**薄皮蜜柑**　うすかわみかん　うすかはみかん　晩秋　⇩柑子《こうじ》〔33頁〕

**梢の錦**　こずえのにしき　こずゑのにしき　晩秋　⇩紅葉《もみじ》〔33頁〕

**紅葉且つ散る**　もみじかつちる　もみぢかつちる　晩秋

例 洒落ていへば紅葉かつ散る齢にて　川崎展宏

例 紅葉且つ散る家燃える梁落ちる　佐山哲郎

例 一枚の紅葉且つ散る静かさよ　高浜虚子

5音 **色葉《いろは》散る**

**木の葉且つ散る**　このはかつちる　晩秋　⇨紅葉且つ散る

**一つ葉かへで**　ひとつばかえで　ひとつばかへで　晩秋　⇩楓《かえで》〔34頁〕

**色変へぬ松**　いろかえぬまつ　晩秋

秋になっても緑のままの松。

例 色変へぬ松したがへて天守閣　鷹羽狩行

**紫式部**　むらさきしきぶ　晩秋

シソ科の落葉低木。小さな紫色の実を多数つける。

4音 **小《こ》式部《しきぶ》**

5音 **式部《しきぶ》の実**　**実紫《みむらさき》**　**白式部《しろしきぶ》**

**錦木紅葉**　にしきぎもみじ　にしきぎもみぢ　晩秋　⇩錦木〔77頁〕

**白梅擬**　しろうめもどき　晩秋　⇩梅擬《うめもどき》〔124頁〕

**蔓梅擬／蔓落霜紅**　つるうめもどき　晩秋

ニシキギ科の蔓性落葉樹。実は橙色で熟すと三つに裂け、黄色の種子が現れる。

**5音　つるもどき**

**常盤山査子**　ときわさんざし　ときはさんざし　晩秋　⇩ピラカンサ〈125頁〉

**河原藤木**　かわらふじのき　かはらふぢのき　晩秋　⇩皂角子《さいかち》〈77頁〉

**ジンジャーの花**　初秋

白や黄色の筒形の花が咲く。食用の生姜とは別種。

**5音　花縮砂《はなしゆくしや》**

**ジンジャーリリー**　初秋　⇨ジンジャーの花

**朝顔の種**　あさがおのたね　あさがほのたね　仲秋　⇩朝顔の実〈153頁〉

**扇鶏頭**　おうぎけいとう　あふぎけいとう　三秋　⇩鶏頭〈78頁〉

**箒鶏頭**　ほうきけいとう　はうきけいとう　三秋　⇩鶏頭〈同右〉

**韓藍の花**　からあいのはな　からあゐのはな　三秋　⇩鶏頭〈同右〉

**大波斯菊**　おおはるしゃぎく　おほはるしやぎく　仲秋　⇩コスモス〈79頁〉

**皇帝ダリア**　こうていだりあ　くわうていだりあ　晩秋

キク科の多年草。薄紫色の大ぶりの花が下向きに咲く。

**6音　木立《こだち》ダリア**

**紫茉莉**　むらさきまつり　仲秋　⇩白粉花《おしろいばな》〈153頁〉

**鬼の醜草**　おにのしこぐさ　仲秋　⇩紫苑《しおん》〈35頁〉

**くれのおもの実**　くれのおものみ　仲秋　⇩茴香《ういきょう》の実〈154頁〉

**風船葛**　ふうせんかずら　ふうせんかづら　仲秋

ムクロジ科の蔓性植物。花は約五ミリで白色。

**一口茄子**　ひとくちなすび　仲秋　⇩秋茄子《あきなすび》〈128頁〉

**テーブルビート**　晩秋　⇩火焔菜《かえんさい》〈128頁〉

**辣韮の花／薤の花**　らっきょうのはな　晩秋

辣韮（三夏）は茎の先に紫色の六弁花を多数付ける。

**天竺まもり**　てんじくまもり　てんぢくまもり　三秋　⇩唐辛子〈129頁〉

**南蛮胡椒**　なんばんこしょう　なんばんこせう　三秋　⇩唐辛

子〔同右〕

**高麗胡椒**　こうらいこしょう　かうらいこせう　三秋　⇩唐辛子〔同右〕

**獅子唐辛子**　ししとうがらし　ししたうがらし　三秋　⇩唐辛子〔同右〕

**くれのはじかみ**　三秋　⇩生姜〔36頁〕

**富草の花**　とみくさのはな　初秋　⇩稲の花〔129頁〕

**室のはや早稲**　むろのはやわせ　初秋　⇩早稲《わせ》〔15頁〕

**隠元豇**　いんげんささげ　初秋　⇩隠元豆〔155頁〕

**十六豇豆**　じゅうろくささげ　じふろくささげ　初秋　⇩豇豆《ささげ》〔37頁〕

**十八豇豆**　じゅうはちささげ　じふはちささげ　初秋　⇩豇豆〔同右〕

**蓼藍の花**　たであいのはな　たであゐのはな　仲秋　⇩藍の花〔130頁〕

**草の色づく**　くさのいろづく　晩秋　⇩草紅葉《くさもみじ》〔131頁〕

**秋の七草**　あきのななくさ　三秋
萩《はぎ》、芒《すすき》（尾花《おばな》）、葛《くず》、撫子《なでしこ》、女郎花《おみなえし》、藤袴《ふじばかま》、桔梗《ききょう》のこと。
6音　**秋七草**《あきななくさ》　**秋の名草**《なぐさ》

**もとあらの萩**　もとあらのはぎ　初秋　⇩萩〔16頁〕

**萩の下風**　はぎのしたかぜ　初秋　⇩萩〔同右〕

**萩の下露**　はぎのしたつゆ　初秋　⇩萩〔同右〕

**一むら芒**　ひとむらすすき　三秋　⇩芒〔38頁〕

**鷹の羽芒**　たかのはすすき　三秋　⇩芒〔同右〕

**一本芒**　ひともとすすき　三秋　⇩芒〔同右〕

**十寸穂の芒**　ますほのすすき　三秋　⇩芒〔同右〕

**真赭の芒**　まそおのすすき　まそほのすすき　三秋　⇩芒〔同右〕

**御一新草**　ごいっしんぐさ　初秋　⇩姫昔蓬《ひめむかしよもぎ》〔176頁〕

**貧乏かづら**　びんぼうかずら　びんぼふかづら　初秋　⇩藪枯らし〔132頁〕

**大和撫子**　やまとなでしこ　初秋　⇩撫子〔85頁〕

**川原撫子**　かわらなでしこ　かはらなでしこ　初秋　⇩撫子

〔同右〕

**粟黄金菊**　あわこがねぎく　あはこがねぎく　仲秋　⇩野菊〔39頁〕

**犬地黄菊**　いぬじおうぎく　いぬぢわうぎく　仲秋　⇩荒地野菊〔156頁〕

**須走牛蒡**　すばしりごぼう　すばしりごばう　初秋　⇩富士薊《ふじあざみ》〔133頁〕

**白曼珠沙華**　しろまんじゅしゃげ　仲秋　⇩白花曼珠沙華〔178頁〕

**茶の花**　おおどちのはな　おほどちのはな　初秋　⇩男郎花《おとこえし》〔134頁〕

**水引の花**　みずひきのはな　みづひきのはな　初秋
タデ科の多年草。長い花穂《かすい》に赤や白の小花がつく。
3音 **毛蓼《けたで》**
4音 **水引《みずひき》**
5音 **金糸草《きんしそう》**
6音 **金線草《きんせんそう》**　**銀水引《ぎんみずひき》**　**御所水引《ごしょみずひき》**

**山鳳仙花**　やまほうせんか　やまほうせんくわ　仲秋　⇩釣船草〔157頁〕

**御山竜胆**　おやまりんどう　おやまりんだう　仲秋　⇩竜胆《りんどう》〔86頁〕

**朝熊竜胆**　あさまりんどう　あさまりんだう　仲秋　⇩竜胆〔同右〕

**深山竜胆**　みやまりんどう　みやまりんだう　仲秋　⇩竜胆〔同右〕

**大文字草**　だいもんじそう　だいもんじさう　初秋
ユキノシタ科の多年草。白または薄紫色の五弁花。

**相撲取草**　すもうとりぐさ　すまふとりぐさ　三秋　⇩相撲草《すもうぐさ》〔134頁〕

**ほととぎす草**　ほととぎすそう　ほととぎすさう　仲秋　⇩杜鵑草《ほととぎす》〔135頁〕

**オランダ煙管**　おらんだぎせる　仲秋　⇩思草《おもいぐさ》〔135頁〕

**南蛮煙管**　なんばんぎせる　仲秋　⇩思草〔同右〕

**水草紅葉**　みずくさもみじ　みづくさもみぢ　晩秋

睡蓮《すいれん》（晩夏）や水葵《みずあおい》（晩夏）など水生植物の紅葉。

**萍紅葉**　うきくさもみじ　うきくさもみぢ　晩秋　⇨水草紅葉

**千本占地**　せんぼんしめじ　せんぼんしめぢ　晩秋　⇩占地《しめじ》

〔39頁〕

**猿の腰掛**　さるのこしかけ　三秋

3音　**霊芝《れいし》**

5音　**胡《こ》孫眼《そんがん》**　**猿茸《ましらたけ》**

6音　**万年茸《まんねんたけ》**

## 8音の季語

### 8音　時候

**蒙霧升降ふ**　ふかききりまとう　ふかききりまとふ　初秋

七十二候（日本）で八月一七日頃から約五日間。

**鷹鳥を祭る**　たかとりをまつる　初秋　⇩鷹乃《たかすなわ》ち鳥《とり》を祭《まつ》る〔181頁〕

**禾乃ち登る**　かすなわちみのる　くわすなはちみのる　初秋

七十二候で中国・日本ともに九月二日頃から約五日間。

9音 禾乃《いねすなわ》ち登《みの》る

11音 禾《こくものすなわ》乃ち登《みの》る

**草露白し**　くさのつゆしろし　仲秋

七十二候（日本）で九月七日頃から約五日間。

**雷声を収む**　らいこえをおさむ　らいこゑををさむ　仲秋　⇩雷乃《らいすなわ》ち声《こえ》を収《おさ》む〔181頁〕

**水始めて涸る**　みずはじめてかる　みづはじめてかる　仲秋

七十二候で中国・日本ともに一〇月三日頃から約五日間。

**竜淵に潜む**　りゅうふちにひそむ　りうふちにひそむ　仲秋

竜は秋分に淵に潜むという中国の伝説から。春の季語「竜天に登る」と対をなす。

例 らうめんの淵にも龍の潜みけり　青山茂根

**菊花開く**　きくのはなひらく　晩秋

七十二候（日本）で一〇月一三日頃から約五日間。

**狼の祭**　おおかみのまつり　おほかみのまつり　晩秋　⇩豺乃《さいすなわ》ち獣《けもの》を祭《まつ》る〔182頁〕

**霜始めて降る**　しもはじめてふる　晩秋

七十二候（日本）で一〇月二三日頃から約五日間。

**蟄虫咸俯す**　ちっちゅうみなふす　ちつちうみなふす　晩秋

七十二候（中国）で一一月二日頃から約五日間。虫が穴に入り動かなくなる意。

7音 **虫穴《むしあな》に入《い》る**

11音 **蟄虫《ちつちゆう》咸《ことごと》く俯《ふ》す**

**楓蔦黄ばむ**　もみじつたきばむ　もみぢつたきばむ　晩秋

七十二候（日本）で一一月二日頃から約五日間。

## 8音　天文

**盃の光**　さかずきのひかり　さかづきのひかり　三秋　⇩月〔8頁〕

**十八夜の月**　じゅうはちやのつき　じふはちやのつき　仲秋

⇩居《い》待月《まちづき》〔93頁〕

**二十三夜月**　にじゅうさんやづき　にじふさんやづき　仲秋

⇩二十三夜《にじゅうさんや》〔140頁〕

**富士の山洗**　ふじのやまあらい　ふじのやまあらひ　初秋　⇩御山洗《おやまあらい》〔141頁〕

## 8音　生活

**後の更衣**　のちのころもがえ　のちのころもがへ　晩秋

もとは旧暦一〇月一日。単に「更衣」だと旧暦四月一日で、初夏の季語。

**秋の更衣**　あきのころもがえ　あきのころもがへ　晩秋　⇨後の更衣

**栗蒸羊羹**　くりむしようかん　くりむしやうかん　晩秋　⇩栗羊羹〔142頁〕

**浅漬大根**　あさづけだいこん　晩秋

大根を数日間干して麹《こうじ》と塩で漬けたもの。

**八月大名**　はちがつだいみょう　はちぐわつだいみやう　初秋

旧暦八月の農閑期、農家では行事や来客が多いことを譬《たと》えたもの。

**菊人形展**　きくにんぎょうてん　きくにんぎやうてん　晩秋

⇩菊人形〔143頁〕

## 8音 行事

**九日の節句**　ここのかのせっく　晩秋　⇩重陽《ちょうよう》〔58頁〕

**刈上の節供**　かりあげのせっく　晩秋　⇩重陽〔同右〕

**終戦記念日**　しゅうせんきねんび　初秋

5音 **終戦忌**　**敗戦忌**　**終戦日**　**敗戦日**

6音 **終戦の日**　**敗戦の日**

9音 **八月十五日**

**敗戦記念日**　はいせんきねんび　初秋　⇨終戦記念日

**星宮祭**　ほしのみやまつり　初秋　⇩七夕〔58頁〕

**七夕七姫**　たなばたななひめ　初秋　⇩七姫〔59頁〕

**六地蔵詣**　ろくじぞうまいり　ろくぢざうまゐり　初秋　⇩地蔵盆〔108頁〕

**六斎念仏**　ろくさいねんぶつ　初秋

空也上人の踊躍《ゆやく》念仏を起源とする祭礼。京都市内のいくつかの社寺で八月に開催。

4音 **六斎**　**六讃**《ろくさん》

5音 **六斎会**《ろくさいえ》

6音 **六斎講**《ろくさいこう》

7音 **六斎踊**《ろくさいおどり》

**万灯万華会**　まんとうまんげえ　まんとうまんげゑ　初秋　⇩奉灯会《ほうとうえ》〔110頁〕

**八幡放生会**　やわたほうじょうえ　やはたはうじやうゑ　仲秋

九月一五日、石清水八幡宮（京都府八幡市）の祭礼。

5音 **放**《はな》**ち鳥**《どり》　**放**《はな》**ち亀**《がめ》

6音 **八幡祭**《やわたまつり》　**仲秋祭**《ちゅうしゅうさい》　**南祭**《みなみまつり》　**放生川**《ほうじょうがわ》

**男山祭**　おとこやままつり　をとこやままつり　仲秋　⇨八幡放生会

**石清水祭**　いわしみずまつり　いはしみづまつり　仲秋　⇨八幡放生会

**鞍馬の火祭**　くらまのひまつり　晩秋

一〇月二二日、由岐神社（京都市左京区）の例祭。

6音 **鞍馬祭《くらままつり》**

11音 **靫大明神祭《ゆきだいみょうじんまつり》**

## 8音 動物

**蜥蜴穴に入る** とかげあなにいる 仲秋

**蛙穴に入る** かわずあなにいる かはづあなにいる 仲秋 ⇩秋の蛙〈147頁〉

**鷹の山別れ** たかのやまわかれ 初秋
鷹の巣立ちのこと。
5音 **山別れ 別れ鳥 山帰り**

**鴉の子別れ** からすのこわかれ 初秋 ⇩別れ鴉〈147頁〉

**鵙の磔刑餌** もずのはりつけえ もずのはりつけゑ 三秋 ⇩鵙《もず》の贄《にえ》〈114頁〉

**嫁教鳥** とつぎおしえどり とつぎおしへどり 三秋 ⇩鶺鴒《せきれい》〈66頁〉

**薄墨鶺鴒** うすずみせきれい 三秋 ⇩鶺鴒〈同右〉

**爪長鶺鴒** つめながせきれい 三秋 ⇩鶺鴒〈同右〉

**三角蟋蟀** みつかどこおろぎ みつかどこほろぎ 三秋 ⇩蟋蟀《こおろぎ》〈70頁〉

**褄黒横這** つまぐろよこばい つまぐろよこばひ 三秋 ⇩横這《よこばい》〈71頁〉

**稲妻横這** いなずまよこばい いなづまよこばひ 三秋 ⇩横這〈同右〉

**三井寺ごみむし** みいでらごみむし みゐでらごみむし 初秋 ⇩放屁虫《へひりむし》〈120頁〉

**菊吸天牛** きくすいかみきり きくすひかみきり 三秋 ⇩菊吸虫《きくすいむし》〈150頁〉

## 8音 植物

**八朔紅梅** はっさくこうばい 仲秋 ⇩八朔梅《はっさくばい》〈150頁〉

**秋咲サフラン** あきざきさふらん 晩秋 ⇩サフラン〈78頁〉

**西洋朝顔** せいようあさがお せいやうあさがほ 初秋 ⇩朝

顔〔78頁〕

**三色鶏頭**　さんしょくけいとう　三秋　⇩鶏頭〔78頁〕

**里芋田楽**　さといもでんがく　三秋　⇩芋〔15頁〕

**秋の麒麟草**　あきのきりんそう　あきのきりんさう　初秋　⇩
泡立草〔156頁〕

**姫昔蓬**　ひめむかしよもぎ　初秋
キク科の越年草。白い小花を多数咲かせる。

5音 **明治《めいじ》草《そう》**

6音 **鉄道草《てつどうぐさ》**

7音 **御《ご》一新草《いっしんぐさ》**

**紫ゐのころ**　むらさきえのころ　むらさきゐのころ　三秋　⇩
狗尾草《えのころぐさ》〔157頁〕

**狐の剃刀**　きつねのかみそり　初秋
ヒガンバナ科の多年草。花は薄橙色で六弁。

**紫釣船**　むらさきつりふね　仲秋　⇩釣船草〔157頁〕

**河原鳳仙花**　かわらほうせんか　かはらほうせんくわ　仲秋
⇩釣船草〔同右〕

# 9音の季語

## 9音　時候

**禾乃ち登る**　いねすなわちみのる　いねすなはちみのる　初秋

⇩禾《か》乃《すなわ》ち登《みの》る〔172頁〕

**蟄虫戸を坏す**　ちっちゅうとをとざす　ちつちうとをとざす　仲秋

七十二候（中国）で九月二八日頃から約五日間。日本の七十二候でも同様だが、蟄虫に「むしかくれて」の読みをあてる。

11音 ⇨ 蟄虫《むしかくれて》戸《と》を坏《ふさ》ぐ

**蟄虫戸を坏ぐ**　ちっちゅうとをふさぐ　ちつちうとをふさぐ

仲秋　⇨蟄虫戸を坏す

**鴻鴈来賓す**　こうがんらいひんす　晩秋

七十二候（中国）で一〇月八日頃から約五日間。

**蟋蟀戸に在り**　きりぎりすとにあり　晩秋

七十二候（日本）で一〇月一八日頃から約五日間。

**草木黄落す**　そうもくこうらくす　さうもくくわうらくす　晩秋

七十二候（中国）で一〇月二八日頃から約五日間。

**草木黄ばみ落つ**　そうもくきばみおつ　さうもくきばみおつ

晩秋　⇨草木黄落す

**草木零落す**　そうもくれいらくす　さうもくれいらくす　晩秋

⇨草木黄落す

**霎時施る**　こさめときどきふる　晩秋

七十二候（日本）で一〇月二八日頃から約五日間。

## 9音　天文

**富士の初冠雪**　ふじのはつかんせつ　ふじのはつくわんせつ

仲秋　⇩富士の初雪〔161頁〕

**9音 生活**

**菊襲の衣**　きくがさねのころも　晩秋　⇩菊襲〔98頁〕

**9音 行事**

**八月十五日**　はちがつじゅうごにち　はちぐわつじふごにち
初秋　⇩終戦記念日〔174頁〕
例 カンバスの余白八月十五日　神野紗希

**八尾の廻り盆**　やつおのまわりぼん　やつをのまはりぼん　初秋　⇩風の盆〔109頁〕

**美術展覧会**　びじゅつてんらんかい　びじゆつてんらんくわい　三秋
4音 **二科展　院展　日展**

**芝神明祭**　しばしんめいまつり　仲秋
九月一一日〜二一日、芝大神宮（東京都港区）の祭礼。
5音 **生姜市《しょうがいち》**
6音 **目《め》くされ市《いち》**
7音 **だらだら祭《まつり》**

**聖母昇天祭**　せいぼしょうてんさい　初秋　⇩被昇天祭〔164頁〕

**9音 動物**

**熊栗架を掻く**　くまくりだなをかく　晩秋
熊が木の実を食べるのに枝を折ること。
4音 **栗棚《くりだな》**
5音 **熊の棚《たな》**
7音 **熊の栗架《くりだな》**

**えんのした蟋蟀**　えんのしたこおろぎ　えんのしたこほろぎ
三秋　⇩竈馬《いとど》〔30頁〕

**9音 植物**

**白花曼珠沙華**　しろばなまんじゅしゃげ　仲秋
7音 **白曼珠沙華《しろまんじゅしゃげ》**

**高嶺松虫草**　たかねまつむしそう　たかねまつむしさう　初秋

⇩松虫草《まつむしそう》〔158頁〕

ままこのしりぬぐひ

初秋

⇩蓼《たで》の花〔135頁〕

# 10音以上の季語

## 10音 時候

**綿柎開く**　わたのはなしべひらく　初秋
七十二候（日本）では八月二三日頃から約五日間。

**天地始めて粛む**　てんちはじめてしじむ　初秋
七十二候で中国・日本ともに八月二八日頃から約五日間。

**天地始めて粛し**　てんちはじめてさむし　初秋　⇨天地始めて粛む

**天地始めて粛す**　てんちはじめてしゅくす　初秋　⇨天地始めて粛む

**雀蛤と化す**　すずめはまぐりとかす　晩秋　⇩雀大水《すずめうみ》に入《い》り蛤《はまぐり》と為《な》る（182頁）
例　雀蛤と化して食はれけるかも　櫂未知子

## 10音 行事

**正倉院曝涼**　しょうそういんばくりょう　しやうさうゐんばくりやう　晩秋
正倉院（奈良市）の宝物の虫干し。

**吉田浅間祭**　よしだせんげんまつり　初秋　⇩吉田火祭（163頁）

**太秦の牛祭**　うずまさのうしまつり　うづまさのうしまつり　晩秋
旧暦九月一二日に広隆寺（京都市右京区）で行われた牛祭。現在は中断。
5音　**牛祭《うしまつり》　摩多羅神《まだらじん》**

## 10音 植物

**草枯に花残る**　くさかれにはなのこる　晩秋　⇩末枯《うらがれ》（84頁）

**背高泡立草**　せいたかあわだちそう　せいたかあわだちさう

初秋　⇩泡立草〔156頁〕

例　目のうちにそとにせいたか泡立草　岸田稚魚

### 11音　時候

**禾乃ち登る**　こくものすなわちみのる　こくものすなはちみのる　初秋　⇩禾《か》乃《すなわ》ち登《みの》る〔172頁〕

**群鳥羞を養ふ**　ぐんちょうしゅうをやしなう　ぐんてうしうをやしなふ　仲秋

七十二候（中国）で九月一七日頃から約五日間。

**蟄虫戸を坏ぐ**　むしかくれてとをふさぐ　仲秋　⇩蟄虫戸《ちっちゅうと》を坏《とざ》す〔177頁〕

**豺獣を祭る**　やまいぬけものをまつる　晩秋　⇩豺《さい》乃《すなわ》ち獣《けもの》を祭《まつ》る〔182頁〕

**蟄虫咸く俯す**　ちっちゅうことごとくふす　ちつちうことごとくふす　晩秋　⇩蟄虫咸俯《ちっちゅうみなふ》す〔172頁〕

### 11音　行事

**深川八幡祭**　ふかがわはちまんまつり　ふかがははちまんまつり　初秋　⇩深川祭〔163頁〕

**靫大明神祭**　ゆきだいみょうじんまつり　ゆきだいみやうじんまつり　晩秋　⇩鞍馬の火祭〔174頁〕

### 12音　時候

**鷹乃ち鳥を祭る**　たかすなわちとりをまつる　たかすなはちとりをまつる　初秋

七十二候（中国）で八月二三日頃から約五日間。

8音 ⇨ **鷹鳥《たかとり》を祭《まつ》る**

**雷乃ち声を収む**　らいすなわちこえをおさむ　らいすなはちこゑををさむ　仲秋

七十二候（中国）で九月二三日頃から約五日間。日本の七十二候では「かみなり」の読みをあてる。

8音 **雷声《らいこえ》を収《おさ》む**

14音 **雷《かみなり》乃《すなわ》ち声《こえ》を収《おさ》む**

12音 行事

**関東大震災の日** かんとうだいしんさいのひ くわんとうだいしんさいのひ 初秋

九月一日。一九二三年（大正一二年）のこの日に起きた。

5音 **震災忌《しんさいき》**

**国民体育大会** こくみんたいいくたいかい 晩秋

4音 **国体《こくたい》**

13音 時候

**雀化して蛤となる** すずめかしてはまぐりとなる すずめくわしてはまぐりとなる 晩秋 ⇩雀《すずめ》大水《うみ》に入《い》り蛤《はまぐり》と為《な》る〔182頁〕

**豺乃ち獣を祭る** さいすなわちけものをまつる さいすなはちけものをまつる 晩秋

七十二候（中国）で一〇月二三日頃から約五日間。豺とは狼のこと。

6音 **豺《さい》の祭《まつり》**

8音 **狼《おおかみ》の祭《まつり》**

14音 時候

**雷乃ち声を収む** かみなりすなわちこえをおさむ かみなりすなはちこゑををさむ 仲秋 ⇩雷《らい》乃《すなわ》ち声《こえ》を収《おさ》む〔181頁〕

15音 時候

**雀大水に入り蛤と為る** すずめうみにいりはまぐりとなる 晩秋

七十二候（中国）で一〇月一三日頃から約五日間。

10音 **雀蛤《すずめはまぐり》と化《か》す**

13音 **雀化《すずめか》して蛤《はまぐり》となる**

# 主要季語索引

## あ

い

## う



## え



## お



## か

## き



## く

## け



## こ



## さ

## し

## す



## せ



## そ



## た

## な



## に



## ね



## の



## は

## ひ



## ふ



## へ



## ほ

監修者略歴――――
## 岸本尚毅(きしもと・なおき)

俳人。1961年岡山県生まれ。『「型」で学ぶはじめての俳句ドリル』『ひらめく！作れる！俳句ドリル』『十七音の可能性』『文豪と俳句』『室生犀星俳句集』など編著書多数。監修に本書の既刊『音数で引く俳句歳時記・春』『音数で引く俳句歳時記・夏』がある。岩手日報・山陽新聞選者。俳人協会新人賞、俳人協会評論賞など受賞。2018・2021年度のEテレ「NHK俳句」選者。角川俳句賞等の選考委員をつとめる。公益社団法人俳人協会評議員。

編者略歴――――
## 西原天気(さいばら・てんき)

1955年生まれ。句集に『人名句集チャーリーさん』(2005年・私家版)、『けむり』(2011年10月・西田書店)。2007年4月よりウェブサイト「週刊俳句」を共同運営。2010年7月より笠井亞子と『はがきハイク』を不定期刊行。編著に本書の既刊『音数で引く俳句歳時記・春』『音数で引く俳句歳時記・夏』がある。

# 音数で引く俳句歳時記・秋



2023年8月2日 第1刷発行

監修者 岸本尚毅
編　者 西原天気
装幀者 間村俊一
発行者 碇　高明
発行所 株式会社 草思社
〒160-0022 東京都新宿区新宿1-10-1
電話 営業 03(4580)7676 編集 03(4580)7680

本文組版 株式会社 キャップス
印刷所 中央精版印刷 株式会社
製本所 大口製本印刷 株式会社

ISBN978-4-7942-2666-2 Printed in Japan 検印省略